LA CHANSON
DE LAURIANNE

Données de catalogage avant publication (Canada)

Nadeau, Denise
      La Chanson de Laurianne
      (Collection Atout ; 109. Cœur)
      Pour les jeunes de 12 ans et plus.
      ISBN 2-89428-859-X

1. Titre. II. Collection : Atout ; 109. III. Collection : Atout. Coeur.

PS8577.A292C42 2006   jC843'.54   C2006-940017-2
PS9577.A292C42 2006

Les Éditions Hurtubise HMH bénéficient du soutien financier des
institutions suivantes pour leurs activités d'édition :

- Conseil des Arts du Canada ;
- Gouvernement du Canada par l'entremise du Programme d'aide
  au développement de l'industrie de l'édition (PADIÉ) ;
- Société de développement des entreprises culturelles du Québec
  (SODEC) ;
- Gouvernement du Québec par l'entremise du programme de
  crédit d'impôt pour l'édition de livres.

Éditrice jeunesse : Nathalie Savaria
Conception graphique : fig.communication graphique
Illustration de la couverture : Janice Nadeau
Mise en page : Philippe Langlois

© Copyright 2006
Éditions Hurtubise HMH ltée

ISBN 2-89428-859-X

Distribution en France
Librairie du Québec/D.N.M.
www.librairieduquebec.fr

Dépôt légal/1ᵉʳ trimestre 2006
Bibliothèque nationale du Canada
Bibliothèque nationale du Québec

Imprimé au Canada

DENISE NADEAU

LA CHANSON
DE LAURIANNE

DENISE NADEAU

Denise Nadeau a longtemps partagé son temps entre l'enseignement et l'écriture. Au cours de cette période sont nés des contes, des poèmes, des chansons et des nouvelles. L'une de ces dernières, pour les jeunes, *Rose la rebelle*, a été publiée dans la collection Plus aux Éditions Hurtubise HMH et une autre, pour les adultes, dans la revue *Stop*.

Aujourd'hui, elle enseigne à l'occasion, mais elle consacre la majeure partie de son temps à l'écriture. C'est ainsi que *La Chanson de Laurianne* a vu le jour.

Elle aime la danse de la vie, la musique des mots, les refrains qu'on fredonne sans savoir pourquoi, les chœurs des jeunes et des moins jeunes, les voix qui livrent des chansons d'amour et d'amitié et les silences.

Merci à Maryse Pelletier,
pour tout ce qu'elle m'a appris ;

à Rollande Boivin,
pour ses commentaires sur le manuscrit
et sa confiance ;

à Odile Fréchette,
pour son soutien ;

à Claudianne Martel
pour son point de vue sur le monde des ados.

« Garde ta lampe allumée. »
Rollande Boivin

1

UN MARDI NOIR

Laurianne est assise en tailleur au milieu de la chambre de son frère, Olivier. Autour d'elle, sur le tapis gris, des notes de cours, des livres, des partitions musicales, des petites boîtes de jus de légumes, des minifromages, des vêtements.

Olivier n'en croirait pas ses yeux s'il voyait le fouillis dans la pièce. Et celui qui habite Laurianne depuis sa rupture avec Mathieu.

Elle se sent pleine de pluie. Une pluie glacée du milieu de décembre. Qui lui rappelle ce que Mathieu a confié à leur amie Martine :

— Laurianne est trop sérieuse, elle voit souvent les choses en noir...

Elle se lève, sort de la pièce pour aller consulter le miroir long et étroit, derrière la porte de la salle de bains. Debout dans cette niche silencieuse, elle scrute, un à un, chaque détail de son apparence.

Ses yeux bleus, sa peau claire, les traits délicats de son visage n'ont pourtant rien de sévère. Sa longue chevelure brune et épaisse lui donne même un air de bohémienne, lorsque, comme ce soir, elle la laisse courir librement jusqu'au milieu de son dos.

Laurianne ne s'explique pas les remarques de Mathieu. Elle retourne tristement dans le royaume réconfortant de son frère.

Sa mère l'accroche au passage.

— Téléphone, Laurianne. C'est Martine.

— Dis-lui que je vais la rappeler.

Elle est en froid avec Martine depuis quelques jours. Celle-ci trouve que Laurianne ne voit plus personne, se replie sur elle-même, n'écoute que des chansons tristes.

— Il faut que tu sortes avec quelqu'un d'autre.

Elle avait rejeté le soutien de son amie.

— Mêle-toi de tes affaires, avait répliqué Laurianne à Martine.

Dehors, la nuit est glaciale. Le givre couvre les trois quarts de la fenêtre. Et leur amitié.

Moins vingt-six dans le cœur et des bourrasques...

Elle a froid soudain. Martine lui manque. Elle court vers le téléphone.

— Tu pourrais tenter ta chance avec Francis, lance sa grande amie avant même de dire bonjour.

— Arrête de jouer les entremetteuses. Personne ne m'intéresse à part Mathieu. Je te l'ai dit cent fois : je n'ai pas envie de rencontrer quelqu'un d'autre.

— Comme tu voudras. À demain, alors !

— À demain, soupire Laurianne.

C'est Martine tout craché. Pas d'entrée en matière, pas de conclusion non plus : elle va droit au but, puis retourne à ses affaires. Toujours en train de bricoler, de réparer ou d'enjoliver un objet, d'organiser quelque chose... ou quelqu'un. Elles n'ont pas reparlé de leur dispute.

C'est bon d'avoir une Martine dans sa vie. Encore meilleur quand on a quinze ans et le cœur en écharpe.

Un long bâillement. Le mercure intérieur de Laurianne monte un peu.

Elle jette un coup d'œil sur les objets qu'a laissés son frère : sa vieille radiocassette, des livres dans sa bibliothèque, sa clarinette, un lapin et un ourson en peluche, un gant de baseball, des modèles réduits de voitures, des trophées, des albums de photos, sa table de travail. Vide.

Il a quitté Trois-Rivières. Il est parti étudier en psychologie à l'Université de Montréal. Plus personne pour appeler Laurianne « sauterelle ».

11

Mathieu et Olivier se mélangent dans sa tête. Elle ne sait plus très bien lequel des deux lui manque le plus.

Son père entrouvre la porte pour lui dire bonsoir.

— Bonne nuit, ma gazelle. Et ramasse tes affaires avant de retourner dans ta chambre.

Elle lui sourit. Elle s'inquiète pour lui. Il n'est pas comme d'habitude. Il s'éclipse souvent de la papeterie dont il est le propriétaire. Il part fréquemment le soir et la fin de semaine. Impossible de savoir où il va. Et que dire de cette inhabituelle absence de trois semaines en octobre dernier?

Laurianne aimerait lui parler des grandes questions qui l'habitent, mais elle n'arrive pas à briser la glace avec lui. C'est un homme sans mots.

Depuis quelques mois, il se dispute avec sa mère, Chantal. De bonne humeur la plupart du temps, cette dernière est plus nerveuse depuis un moment. Elle ne l'aime peut-être plus. Elle s'occupe seulement de ses élèves, des leçons de chant qu'elle leur donne et des revenus qu'ils lui procurent.

Les yeux de Laurianne coulent tout seuls. Des larmes imprévues. Dégel. Pourquoi faut-il que les choses changent, que les gens qu'on aime partent, et que ceux qui restent se taisent ?

Son regard est attiré par une feuille jaune dont le coin dépasse de son sac d'école. Elle y jette un coup d'œil : le concours de chansons annoncé par Michel, le chef de l'harmonie dont elle fait partie.

C'est dans ce groupe qu'elle a rencontré la plupart de ses amis : Fanny, la *sexy*, qui joue de la batterie et a un œil sur Mathieu elle aussi ; Francis, le tromboniste qu'on surnomme Chameau ; Sébastien, le sage, saxophoniste ; Martine, la blonde aux yeux pétillants qui valsent d'une couleur à l'autre, flûtiste, comme elle-même ; et Mathieu, le meilleur trompettiste du monde.

Laurianne remet le feuillet d'information dans son sac, sans prendre le temps de s'y attarder. Elle n'a pas le cœur à chanter.

Elle aménage un petit nid autour d'elle : elle repousse ses vêtements dans un coin de la chambre, empile ses livres, ses notes de cours, pose un oreiller derrière son dos et s'appuie contre le lit. Elle prend son journal. Sur la couverture, or et marine, quelques notes dispersées sur une portée et une trompette, l'instrument du bonheur...

Elle se met à l'écoute de ses sentiments, tente de réunir en un seul endroit les morceaux d'elle-même éparpillés au cours de la journée.

Ce journal, elle l'a commencé lorsque Mathieu s'est immiscé dans sa vie. Elle l'a intitulé *Journal de l'amour*. Sur cette première page, elle biffe ces mots qui résonnent maintenant en elle comme une fausse note.

Journal de l'amour

Elle inscrit rageusement :

Journal du passé

Ce soir, les mots ne viennent pas. Elle a beau sucer son stylo, défaire et refaire ses tresses, se ronger les ongles, fermer les yeux. Rien.

Elle s'empare d'un autre cahier, rouge, dans lequel elle rédige les poèmes qu'elle a composés pour Mathieu. Elle jette quelques lignes sur le papier. L'esquisse d'un poème : une soirée passée avec lui au port à la fin de l'été. Soirée magique, qui s'était prolongée jusqu'à l'aube et qui lui avait valu tout un accueil de sa mère lorsqu'elle était rentrée chez elle.

Noir et blanc

Te souvient-il d'une pure nuit
Sans une étreinte, sans aucun souffle ?

Et toi et moi, abandonnés parmi les foules
somnolentes?

Ces souvenirs lui font mal.

Ce cahier, celui d'une sentimentale, d'une pêcheuse de souvenirs et d'une grande braillarde, lui devient soudain insupportable. Elle le lance avec colère dans un coin de la pièce.

« Olivier, pourquoi es-tu parti ? »

Elle sort de la chambre, se dirige vers l'ordinateur qui est dans le passage. Elle envoie un courriel S.O.S. à son frère.

Olivier,
Concert de l'harmonie le 12 décembre. Peux-tu t'arranger pour être là? J'ai besoin de tes applaudissements... Même si on fait un fiasco. Surtout si c'est le cas...
Besoin de te parler aussi. Mathieu et moi, c'est fini.
Ta sauterelle de sœur
P.-S. Je m'ennuie de toi et même de nos chicanes.

Avant d'appuyer sur « Envoyer », elle efface cette dernière ligne.

Soulagée d'avoir lancé son appel, elle récupère son journal dans la chambre d'Olivier et retourne dans la sienne.

Une goutte de légèreté la parcourt, comme si le fait d'avoir écrit à son frère avait aboli la distance entre eux. Son absence crée un tel vide qu'elle a parfois l'impression qu'il n'existe plus.

En sera-t-il ainsi pour Mathieu dans quelque temps ?

Laurianne s'étend sur son lit et se plonge dans la lecture de son journal. Elle espère trouver entre les lignes la clé qui lui manque pour comprendre ce garçon mystérieux et, qui sait... allumer une petite lumière dans sa vie.

Journal du passé

Samedi 20 décembre
Ce Mathieu Bélisle, toujours aussi beau, comment ne l'ai-je pas remarqué avant ? Ça fait pourtant deux ans que je le côtoie dans l'harmonie. Les yeux bleus, les cheveux châtain clair, presque blonds, un peu bouclés. Assez grand. Hélas, je ne suis pas la seule à le trouver séduisant.

Vendredi 2 janvier
Chez Fanny. J'ai peine à détourner mes yeux de Mathieu. Mon regard reste accroché. À un moment donné, j'étais sur le divan et lui était assis par terre, À MES PIEDS, entre Sébastien et Francis. J'avais tellement envie de mettre ma main dans ses cheveux. Je ne sais pas comment j'ai fait pour me retenir.

Samedi 10 janvier

Party chez Fanny. On a mangé de la pizza devant le feu de foyer. On a chanté, crié, joué, dansé toute la soirée.

Comment savoir s'il s'intéresse à moi? Il est tellement gentil avec tout le monde. Je ne connais personne dans l'harmonie qui ne l'aime pas. Mais lui, impossible de savoir quelles filles lui plaisent. Il papillonne de l'une à l'autre. J'aurais besoin d'un signe de sa part.

Jeudi 22 janvier

Après la répétition, à la salle de musique, Mathieu est venu me parler. C'est le signe que j'attendais.

À un moment donné, son visage était tout près du mien. J'ai failli lui sauter dessus. J'aurais peut-être dû. Si je n'étais pas aussi timide...

Fanny nous a surpris côte à côte et je pense qu'elle s'est aperçue de quelque chose.

— Tu es rose fuchsia, m'a-t-elle dit en passant devant Mathieu et moi.

Elle lui a frôlé le bras.

J'aurais voulu disparaître sous une table, dans la grosse caisse, ou n'importe où ailleurs, afin de cacher mon trouble. J'étais déjà bouleversée par la présence de Mathieu. Après cette remarque de Fanny, c'était mille fois pire. J'ai inventé un prétexte et je suis partie aussitôt.

2

EN ROUTE VERS LA COULEUR

Le 12 décembre, déjà! C'est ce soir qu'a lieu le concert de Noël de l'harmonie, à l'école. Sur la scène, derrière les rideaux fermés, les jeunes se préparent et décorent leurs instruments. Au lieu d'orner sa flûte, Laurianne fixe une boucle rouge à sa longue tresse brune. Ses mains sont tellement gelées qu'elle se demande comment elle pourra distribuer les notes correctement sur sa flûte.

Pourvu qu'Olivier vienne à son concert. S'il est dans la salle, elle jouera mieux.

Elle songe au courriel qu'il lui a envoyé. Elle le sait par cœur à force de l'avoir lu et relu.

Allô Laurie,
Une suggestion : Parle à Mathieu. Ne reste pas dans la déprime.
Ne m'attends pas pour ton concert. Ne suis pas sûr de pouvoir arriver à temps. J'ai un examen dans l'après-midi. À bientôt.
Oli

Parler à Mathieu! Facile à dire. Pour lui dire quoi? Qu'elle s'est trompée? Qu'elle regrette de l'avoir mis à la porte? Qu'elle voudrait qu'il revienne? Trop difficile. Trop d'orgueil en jeu.

Elle jette un coup d'œil du côté de Mathieu: il raconte une blague hilarante à trois garçons du groupe. Elle aimerait avoir ce don de l'humour, elle aussi. Mathieu a vraiment le tour de raconter des histoires et il est toujours aussi drôle.

Laurianne s'en trouve toute chavirée. Un souvenir de l'année précédente s'insinue en elle. C'était chez Francis. Mathieu avait essayé de tirer quelques notes d'une guitare qui traînait dans un coin du sous-sol. Il n'avait eu que peu de succès, mais il avait trouvé le moyen d'en rire et de les faire rire tous grâce à ses pitreries.

Coiffé d'un bonnet de père Noël, Michel, leur chef d'orchestre, apparaît et la tire de sa nostalgie. Il réunit les musiciens et les invite à se mettre en place pour une courte et dernière répétition avant l'arrivée des spectateurs.

Chacun s'installe avec son instrument. Mathieu n'est pas très loin derrière Laurianne.

— Tout va bien se passer, lui chuchote-t-il de sa belle voix grave.

Le cœur de Laurianne fait un bond. Comment a-t-il pu percevoir son trac ?

Elle rougit et s'en veut. Le monde entier devine sans doute que Mathieu Bélisle lui fait encore perdre ses moyens.

Il ne l'a pas touchée. Pourtant, un grand frisson lui a parcouru le dos.

Michel insiste pour que chacun reste dans son territoire.

— Vos instruments ne doivent pas frôler ceux de vos voisins et on ne joue pas les uns par-dessus les autres. Sinon, c'est la cacophonie. Même chose pour le son. Ce n'est pas un concours de décibels. Compris, les trompettes ?

Tout le monde rit et Mathieu lui répond en tirant une note frêle et continue de son instrument. Laurianne avance sa chaise. Sans s'en apercevoir, elle l'avait reculée pour se rapprocher de lui.

Minirépétition. Ses doigts commencent à se réchauffer, mais la présence de Mathieu, derrière elle, la trouble. Cette rupture la met hors d'elle. Elle voudrait lancer sa peine à travers la scène. Jeter sa colère dans les coulisses.

Elle ne se résout pas à ce qu'ils ne se voient plus...

Il n'est peut-être pas trop tard pour agir. Pour se reprendre. Pour le reprendre...

Cesser de souligner et de surligner la facette sombre des choses. Modifier les nuances de sa poésie intérieure. Oui, c'est une bonne piste.

Sa décision est prise.

Cap sur la couleur.

Ses couleurs vont éclabousser Mathieu... Le ton de sa voix sera mis à contribution. Et le son de sa flûte aussi. Elle déclamera, chantera, rira... et elle jouera ce soir avec éclat.

Le concert de l'harmonie prend fin. Laurianne aperçoit son frère qui vient la rejoindre. Il a pu se rendre à temps. Quel soulagement !

Elle lui saute au cou.

— Deux mois sans te voir, c'est long.

Elle l'examine de la tête aux pieds. Il porte un jean et une chemise noire comme d'habitude.

— Qu'est-ce que tu as fait à tes cheveux ? lui demande-t-elle en tirant sur sa queue de cheval.

— Je les ai laissés pousser et je les ai attachés. Tu aimes ça ?

— Ça surprend un peu, mais je vais m'habituer.

Leurs parents, Chantal et Christophe, qui assistaient aussi au concert, les attendent dans le hall d'entrée. Pour la première fois peut-être, Laurianne remarque la ressemblance entre Olivier et son père. Ils sont tous les deux de haute taille, avec une épaisse tignasse châtaine qui encadre leur visage. Une différence subsiste : la moustache de Christophe.

Ils retournent tous les quatre à la maison et s'installent au salon où trône le grand sapin garni de boules et de boucles rouges. Sur le bord de la fenêtre, un poinsettia. Décidément, le rouge est à l'honneur. Bien sûr, c'est Noël. Laurianne l'avait à peine remarqué cette année. Ouvrir ses yeux sur les couleurs de la vie, c'est peut-être cela en finir avec le noir.

— Superbe, ce concert, commente sa mère. C'est incroyable tout ce que vous pouvez apprendre en si peu de temps.

— Tu as très bien joué, renchérit son père.

— Tu n'as pas pu entendre ma flûte au milieu des autres instruments, quand même, réplique Laurianne sur un ton moqueur.

Toutes ces réflexions au sujet du spectacle l'ennuient.

Vite ! Se retrouver en tête-à-tête avec Olivier ! Il a ce don de l'aider à clarifier des petits morceaux de sa vie. Pas surprenant qu'il étudie en psycho !

Les deux jeunes bavardent un peu avec leurs parents et sont sur le point de se retirer dans la chambre d'Olivier lorsque Chantal les arrête.

— Ne partez pas tout de suite, leur dit-elle. Il y a du nouveau.

Intrigués, Laurianne et Olivier reprennent place dans la causeuse vert forêt. C'est toujours Chantal qui prend la parole pour annoncer les nouvelles désagréables. C'est mauvais signe.

— Votre demi-sœur, Annie, va venir habiter avec nous après les fêtes. Elle va prendre ta chambre, Olivier.

Annie, la fille que son père a eue d'un premier mariage. Laurianne est stupéfaite.

— Sa mère nous demande de l'accueillir chez nous parce qu'elle vient étudier à Trois-Rivières, précise Chantal.

— Et vous avez accepté ? s'indigne Laurianne.

— C'est ma fille, Laurianne, intervient son père.

— On la connaît à peine. On ne l'a presque jamais rencontrée. Et puis, tu ne la vois jamais. Je me demande même si tu l'appelles de temps en temps.

Son père ne répond pas à cette enfilade de commentaires. Olivier n'ouvre pas la bouche non plus. La tension est élevée dans le salon familial. Chantal poursuit ses explications.

— On ne peut tout de même pas refuser à votre demi-sœur de venir vivre chez son père.

Laurianne n'a aucune envie qu'une étrangère prenne possession de son royaume. Aucune envie non plus de vivre avec une inconnue. La colère enflamme ses joues.

— Olivier, dis quelque chose, ajoute Laurianne, en désespoir de cause. Tu étudies en psycho, tu es censé tout comprendre, toi, savoir ce qui se passe dans les relations humaines, entre frères et sœurs, dans les familles qui veulent se reconstituer. Dis-leur que c'est compliqué.

Aussi éberlué que sa sœur, Olivier se contente de hocher la tête, ce qui ne manque pas d'ajouter à l'impatience de Laurianne. Elle se lève brusquement et s'enfuit dans la chambre de son frère.

Elle se réfugie dans son journal, dans les pages de son amour naissant pour Mathieu, là où elle ne savait pas encore qu'Annie débarquerait dans sa vie, là où Mathieu n'avait pas encore révélé son autre visage.

Vendredi 13 février
<u>IL</u> *m'a raccompagnée après la répétition. Il faisait très froid, mais je ne le sentais pas : il était près de moi. Je suis folle, folle, folle de lui. Je n'arrive pas à croire qu'un gars qui m'attire autant et qui attire autant de filles s'intéresse à moi. La chimie entre lui et moi fait sûrement son effet. Je suis aux anges.*

Vendredi 20 février
Aujourd'hui, il est arrivé derrière moi dans un couloir. J'allais à mon cours de français. Je ne savais pas que c'était lui. Il s'est presque collé contre mon dos et il a mis ses mains sur mes yeux. Il ne pourra jamais compter le nombre de frissons qu'il m'a donnés.

Samedi 20 mars
Nous sommes allés à la Maison Jaune hier soir, tout un groupe. Je me demande bien pourquoi on appelle cela une maison puisque ce sont des locaux du centre communautaire. Mais bon... c'est vrai que pour nous, c'est une maison. Il y a même une cuisine et un salon, et toutes les salles qui nous appartiennent sont peintes en jaune.
Mathieu était <u>TRÈS</u> affectueux avec moi. Après la soirée, il m'a pris la main. Il m'a embrassée pour la première fois. Je n'ai plus de mots. J'en tremble encore.
Les signes se multiplient.

3

UN PEU DE LUMIÈRE

Olivier prépare des sandwiches et des chocolats chauds et rejoint Laurianne dans sa chambre.

— Qu'est-ce que c'est que ce fouillis? s'exclame-t-il en voyant l'état de la pièce.

— Ce sont mes affaires.

— Mais c'est ma chambre...

— Tu es parti... Et puis, ce n'est plus la tienne maintenant, c'est celle d'Annie...

Cet échange rapide et agressif rappelle soudain à Laurianne leurs bagarres et leurs disputes d'avant. Elle ne se souvenait que de leur complicité.

— J'aime m'installer ici, lui explique-t-elle. On dirait que je suis encore avec toi et qu'il fait plus clair en moi.

Olivier, touché, ne réplique pas à cet aveu. Il range son arsenal de combat et éclate de rire. Laurianne se détend à son tour.

— Si je comprends bien, tu me prends pour une lampe de poche, observe-t-il en s'esclaffant.

— Excellente image, mon cher.

— Pourtant, dans le salon, je n'ai pas pu t'éclairer beaucoup.

— C'est le moins qu'on puisse dire. Change tes piles, Oli.

Laurianne s'enroule en riant dans la couverture grise qui traîne par terre et Olivier se fait une enveloppe chaude et réconfortante en tirant sur son couvre-lit noir et blanc. Ils s'appuient tous les deux sur la structure du lit de bois et dévorent les sandwiches en sirotant leur chocolat chaud.

Laurianne revient sur la question de la demi-sœur. Elle insiste pour qu'Olivier fasse reculer ses parents, ce qu'il refuse.

— Ça te laisse indifférent ?

— Non, mais je ne suis plus à la maison et je peux comprendre papa de vouloir que sa fille vienne vivre avec lui. Il ne la connaît presque pas.

— Justement... il est un peu tard pour faire connaissance, tu ne trouves pas ?

— Non, il n'est jamais trop tard.

Voyant qu'elle n'arrivera pas à l'avoir de son côté, Laurianne s'éloigne de ce sujet épineux et se tait.

Elle fait un effort pour ne pas se replier sur elle-même. Ne lui confie pas qu'elle craint de perdre sa place.

— Et toi, reprend Olivier, où en es-tu avec Mathieu?

— C'est terminé entre nous.

— Tu en es sûre?

— Non, pour moi, c'est loin d'être terminé. Mais c'est moi qui ai cassé. Je suis toute mêlée.

— Ça allait pourtant bien entre vous deux, l'été passé.

— Au printemps et pendant l'été, oui... enfin, pas si bien que ça. Mathieu est... changeant. Déjà, à ce moment-là, il avançait et il reculait. Je ne savais jamais sur quel pied danser.

Olivier fronce les sourcils pour manifester son incompréhension. Il pose sa tasse sur le tapis gris et demande des explications.

— Au début, bien avant qu'on sorte ensemble, il me raccompagnait à la maison après chaque répétition et, à l'école, on ne se lâchait jamais. Il m'avait même invitée au hockey avec lui et son père. J'étais sûre que quelque chose commençait entre nous. Ça voulait dire beaucoup pour moi.

— Et puis?

— Tout à coup, il s'est éloigné, comme s'il n'y avait rien eu entre nous... Attends une minute.

Laurianne attrape son journal qui était enfoui sous un amas de livres et de notes de cours avant de s'asseoir en lotus sur le tapis. Elle déniche les pages qu'elle avait écrites au printemps de l'année précédente. Elle est sur le point de les mettre sous le nez d'Olivier lorsqu'elle se rétracte.

— Qu'est-ce que c'est, Laurie?

— Mon journal. Je voulais t'en faire lire un petit bout, mais j'ai changé d'idée.

— Pourquoi?

— Personne ne l'a jamais lu.

— Tu en es bien certaine?

Atterrée, Laurianne regarde son frère, prête à le mordre.

— C'est une blague, Laurianne. Je n'ai jamais touché à cette... précieuse chose.

— J'aimerais bien le partager avec toi, mais c'est trop intime, ce qu'il y a là-dedans.

— Raconte-moi alors.

Et Laurianne de confier à son frère quelques lignes des pages restées secrètes. Après cette soirée où il l'avait embrassée, Mathieu l'avait tenue à l'écart. Il avait cessé de la raccompagner chez elle, ne lui parlait presque plus à l'école.

— Il est imprévisible, ce Mathieu, comme mente Olivier lorsque sa sœur se tait.

— Et ça, ce n'est qu'un exemple.

— Est-ce qu'il t'a expliqué pourquoi il s'éloignait ?

— Plus ou moins. Il croyait qu'il ne pouvait rien m'apporter.

— Pas très convaincant.

— Il faut dire qu'à ce moment-là, on ne sortait pas encore ensemble. Il n'y avait peut-être pas de quoi en faire un plat. J'ai vraiment l'art de tout dramatiser.

— Tu te juges bien sévèrement... et tu passes l'éponge bien vite.

— Tu trouves ?

— Écoute, reprend Olivier, perplexe, pourquoi tu ne ferais pas une fête ? Je ne connais pas beaucoup Mathieu. Ça me permettrait de jeter un coup d'œil sur lui et de revoir les gens de l'harmonie.

Laurianne saute sur ses deux pieds et embrasse son frère sur les deux joues.

— Quelle idée géniale ! Tu as vraiment éclairé ma lanterne... et tu es mon psy préféré ! Enfin, un peu de couleur dans la journée !

— Pas besoin de t'inquiéter pour la couleur. On voit que c'est Noël sur ton visage.

— Idiot, ne te moque pas de moi. Je compte sur toi pour m'aider à convaincre les parents.

Olivier prend une gorgée de chocolat chaud.

Il a quelque chose à raconter, songe Laurianne qui reconnaît les signes annonçant un événement imprévu : il se gratte la gorge, croise et décroise ses mains.

— J'ai rencontré une fille là-bas, à Montréal. Nous sommes en psycho tous les deux, dit finalement Olivier.

Laurianne reste muette.

— Ça n'a pas l'air de te réjouir.

— Non, je suis plutôt contente pour toi. Mais...

— Mais quoi ? Tu devrais sauter de joie.

— On ne se verra presque plus...

Décidément, c'est la journée des mauvaises nouvelles, la semaine, le mois des mauvaises nouvelles.

Comment lui expliquer, sans le blesser, sans le fâcher, et surtout, sans avoir l'air ridicule, qu'elle ne veut pas le partager avec une autre ? Perdre ! Encore !

Des mots qu'elle n'arrive pas à dire. Ils sonneraient trop bébé. Trop «je me sens abandonnée»...

— Voyons, Laurie, ça ne changera presque rien entre nous. Tu seras toujours ma sœur préférée...

— Ah ah ah...

Cette blague, qu'il lui a souvent servie pour la consoler, ne la fait même pas sourire.

Laurianne soupire. Comment se fait-il qu'elle accepte si mal l'éloignement de son frère? Sa rupture avec Mathieu y serait-elle pour quelque chose? Elle n'ajoute rien, mais une tempête se lève en elle. Elle ne sait plus très bien à qui elle en veut cependant. À Mathieu, qui n'est plus dans sa vie? À son frère, qui la déserte? À Annie, qui débarquera comme une intruse? À sa mère, qui ne se préoccupe pas du tout de ce que sa fille ressent? À son père, qui ment peut-être à tour de bras? À elle-même, qui ne sait comment manœuvrer dans la tempête?

Journal du passé

Dimanche 28 mars
Concert de l'harmonie au centre-ville. Silence de Mathieu. Distance entre lui et moi. Je pense tellement à lui qu'on dirait qu'il est dans mon lit. Incapable de m'endormir.
J'ai piqué la plus effroyable crise de larmes de ma vie. Le fleuve au complet était dans ma chambre. J'ai passé presque une boîte entière de papiers-mouchoirs.

Lundi 29 mars

Je ne peux croire que ses sentiments aient changé si brusquement. Si sentiments il y avait, évidemment...

Samedi 3 avril

Je tourne en rond dans la maison depuis ce matin. Je m'ennuie de lui, je lui en veux, je le déteste, je pleure et j'ai envie de crier. J'ai du vinaigre dans l'âme.

Dimanche 4 avril

J'imagine toutes sortes de raisons à son virage en U : j'aime tresser mes cheveux, cela ne lui plaît peut-être pas, je ne suis pas assez drôle, pas assez sentimentale, pas assez sociable... Trop ceci, trop cela... Il y a sûrement quelque chose qui cloche en moi. Sinon, comment expliquer son comportement ?

Mercredi 7 avril

Ne plus me laisser prendre par sa gentillesse. Il est tellement aimable avec tous, surtout avec toutes, qu'on se laisse facilement gagner à son jeu. Je me suis fait des illusions.

Mercredi 14 avril

Je dois surmonter ma peine et continuer de sourire. Mais comment lui faire confiance désormais ? Il a jeté un froid.

Samedi 17 avril

Je combats le froid par le froid. S'il pense que je vais courir après lui, il se trompe. J'ai absorbé le coup, j'ai décroché et je le mets de côté. Tant pis pour lui.

4

DOUBLE POURSUITE

Samedi après-midi. 22 décembre. C'est aujourd'hui que Laurianne retourne dans sa chambre. Depuis son arrivée, son frère ne cesse de la harceler pour qu'elle ramasse ses traîneries. Et puis, Annie va venir déposer ses bagages d'un jour à l'autre. Avant de faire le tour de la chambre d'Olivier, Laurianne s'affaire à ranger la sienne.

Déchets et babioles inutiles : au panier. Papiers et cartons destinés au bricolage : dans un sac pour Martine. Vaisselle sale : dans la cuisine. Il ne lui reste qu'à vider son sac d'école pour expédier ses notes de cours à la récupération.

Laurianne aperçoit son père qui met son manteau. Treize heures quinze. L'une de ses sorties régulières. Comment se fait-il qu'il ne soit jamais à la papeterie à cette heure ? Le moment est venu de s'occuper de lui, de savoir ce qui se passe dans sa vie. Elle pourrait entreprendre une enquête. Le suivre. Oui. Pourquoi pas ?

Elle laisse son ménage en plan.

— Dans quelle direction vas-tu, papa ?

Il hésite et bafouille qu'il va simplement chez le notaire pour y déposer des documents.

— Pourrais-tu me laisser à la Maison Jaune ?

— D'accord. Mais tu devras revenir par tes propres moyens.

Laurianne enfile son manteau. Elle n'avait pas planifié cette sortie. Mais c'est la seule idée qui lui soit venue à l'esprit. Elle se rend souvent à la Maison Jaune en compagnie de ses amis et elle espère y rencontrer l'un d'eux.

Son père la dépose à quelques pas de l'édifice. Elle lui a posé des questions sur ses allées et venues, mais n'a pu tirer de lui aucun renseignement. Elle ignore donc où il va vraiment et son enquête tourne court, faute de moyen de transport pour suivre la piste du suspect.

— Il me faudrait une auto, songe-t-elle.

Mathieu a son permis de conduire. Il pourrait peut-être l'aider.

Elle fait le tour des pièces dans l'espoir de le rencontrer. Deux garçons, qu'elle connaît seulement de vue, jouent au ping-pong dans l'un des locaux. Deux autres jouent au billard. Ailleurs, une animatrice donne un cours de salsa à un groupe de filles.

Aucune trace de ses amis.

Déçue, Laurianne s'assoit à une table dans un coin retiré d'une grande salle et réfléchit à la possibilité de téléphoner à Mathieu.

Elle hésite. Après tout, ils ont rompu. Elle aurait l'air ridicule. D'autre part, ce serait une astuce intéressante pour rouvrir les lignes de communication entre eux. Non, pas de cette manière. Elle n'aime pas les moyens détournés pour parvenir à ses fins. Non, pas question !

Avec son index, elle trace un « non » sur la table. Elle sort de son sac un stylo et une feuille de papier. Ses doigts ont envie d'écrire. Il y a peut-être l'embryon d'un poème dans ce mouvement. Elle griffonne ces mots :

Non, pas question...

Pas très original. Elle les biffe aussitôt. Rien d'autre ne se présente à son esprit. Et pour cause. L'image de Mathieu se dessine dans les marges du poème à inventer. Lui téléphoner ? Qui sait ? Il serait peut-être content.

Un bon prétexte pour reprendre contact avec lui. Passer à l'action comme elle se l'était promis. Mettre à exécution son plan pour le reconquérir. Oui. Aujourd'hui.

Elle se hâte vers le téléphone. Il est chez lui.

— Est-ce que tu me rendrais un petit service ? s'enquiert Laurianne. J'aurais besoin d'une auto demain matin...

— Seulement d'une auto ?

— Non, du chauffeur aussi.

Mathieu accepte volontiers de dépanner Laurianne. Il ne semble pas lui en vouloir. Il a même l'air ravi. Vraiment, Mathieu Bélisle ne se complique pas la vie. Ils prennent rendez-vous pour le lendemain matin.

Décidément, cette affaire prend un virage inattendu. Laurianne fera d'une pierre deux coups, car deux acteurs seront dans l'œil de sa caméra : Mathieu Bélisle et son père, Christophe Lefrançois. Le film qu'ils réaliseront sera en technicolor. Le scénario n'est pas encore tout à fait au point, mais elle est en train de l'élaborer.

Dimanche matin. Neuf heures. Quelques flocons de neige tombent sur la ville. Rien pour empêcher les deux aventuriers de mener à bien la filature prévue.

Le père de Laurianne quitte la maison chaque semaine à cette heure. Elle-même s'est éclipsée quelques minutes avant lui et a rejoint Mathieu qui l'attendait au coin de la Huitième Avenue dans la voiture paternelle.

Timidement, elle ouvre la portière et se cale dans le siège du passager. Elle boucle sa ceinture de sécurité.

— Allô Mathieu, ça va?

— En grande forme.

Elle n'ose le regarder dans les yeux. C'est la première fois qu'elle le voit en tête-à-tête depuis leur rupture. Cependant, Mathieu n'est pas du genre à entamer de longues discussions et à poser trop de questions. Aujourd'hui, ce trait de son caractère rassure Laurianne, qui n'a pas envie d'entrer dans des explications labyrinthiques.

— Alors, où va-t-on, lieutenant? l'interroge Mathieu d'un ton légèrement moqueur.

— Il faut attendre que papa sorte de la maison. Il ne devrait pas tarder.

Effectivement, Monsieur Lefrançois apparaît sur le seuil de la porte et se dirige vers sa voiture. Il ne connaît pas l'auto de Mathieu et c'est sans se méfier qu'il démarre et se dirige vers la rue Laviolette. Garé dans la direction opposée, Mathieu effectue un virage et suit la Honda noire.

Monsieur Lefrançois roule en direction du centre-ville.

Cette poursuite excite Laurianne et Mathieu. Ils parlent peu, se regardent à peine. Ils se concentrent sur la tâche entreprise. Craignant que son père ne la reconnaisse, Laurianne cherche désespérément quelque chose dont elle pourrait recouvrir son visage. Comme il n'y a rien à la portée de la main, elle se résout à utiliser son foulard qu'elle enroule grossièrement autour de sa tête. Elle encourage Mathieu à en faire autant. On ne sait jamais... S'il fallait que son père les aperçoive dans son rétroviseur, il pourrait les intercepter et il faudrait inventer une histoire.

Enfin, elle va découvrir ce qu'il lui cache depuis plusieurs semaines. Ce qu'il dissimule peut-être aussi à sa mère. Sa relation n'est pas toujours facile avec cette dernière, mais elle ne peut supporter l'idée qu'on lui fasse de la peine, qu'on la trompe surtout...

Mathieu se concentre sur la conduite. À un feu rouge, il pose le foulard bleu royal qu'il portait autour du cou sur ses cheveux blonds. Subjuguée par le contraste entre la chevelure de son compagnon et son foulard, Laurianne doit faire un effort pour ne pas le regarder constamment. Heureusement, Mathieu la ramène rapidement à la réalité de leur aventure.

— Je me demande si ton père ne nous a pas repérés.

— On n'a qu'à lui dire qu'on a un concert, répond Laurianne, sans trop réfléchir.

— Excellente idée, mon lieutenant, répond son compagnon en lui adressant un large sourire.

Monsieur Lefrançois se dirige vers la vieille partie de la ville et stationne dans une petite rue près du port. Il entre dans un bâtiment gris et impersonnel dont Laurianne s'empresse de noter l'adresse. Mathieu se gare un peu plus loin et s'apprête à descendre de la voiture.

— On pourrait attendre ici, suggère Laurianne. Il va bien finir par sortir.

— Oui, mais dans combien de temps ?

— D'habitude, il revient à la maison vers midi. On pourrait aller marcher au port en attendant qu'il sorte si tu ne veux pas rester dans la voiture.

— Non, on doit le suivre, riposte le jeune homme qui s'est pris au jeu. Allons voir.

Malgré sa résistance, Laurianne s'incline.

Ils sortent tous les deux de la voiture et se dirigent timidement vers le côté de l'édifice où ils repèrent une fenêtre. Impossible d'épier les occupants cependant. Des rideaux semi-opaques couvrent la vitre.

Une femme s'approche et les regarde d'un air bizarre. Elle s'arrête devant la bâtisse, ouvre la porte qui n'est pas verrouillée et pénètre à l'intérieur.

Laurianne est atterrée. Ses soupçons se confirment. Qui est cette femme ? Pour la première fois de sa vie, elle songe à Chantal en tant que femme, pas seulement en tant que mère.

Elle recule et retourne finalement dans la voiture, accablée soudain par une vague d'émotions contradictoires. Et si elle avait raison ?

Son énergie de détective l'abandonne sans crier gare. Elle n'est pas prête à plonger tête première dans cette histoire. Pas tout de suite.

— Retournons chez moi, dit-elle à Mathieu. Je reviendrai la semaine prochaine. Maintenant, je sais où il va.

— Tu ne veux pas qu'on essaie d'entrer ?

— Non, c'est trop risqué.

— Tu as peur ? Il n'y a rien à craindre. Je peux te défendre.

— Voyons, Mathieu, on n'est pas dans un jeu vidéo.

Elle ne lui dit pas qu'elle soupçonne la présence d'une autre femme dans la vie de son père. Elle a trop honte. Elle viendra sonner la semaine prochaine, mais elle sera seule et elle aura préparé ce qu'elle veut dire à cette voleuse du mari de sa mère.

Elle entraîne un Mathieu déçu avec elle. Il trouvait l'aventure passionnante.

Laurianne a le cœur qui tremble soudain. Elle se rappelle que celui qu'elle aime est là, juste à côté d'elle. Mener deux poursuites à la fois lui semble maintenant compliqué et périlleux. Elle se demande comment elle fera pour composer avec les deux acteurs de son film en couleurs.

Elle n'ose pas mettre la main sur l'épaule de Mathieu. Elle ouvre la radio pour chasser son trouble naissant. Une chanson d'Audrey de Montigny déferle dans la voiture :

« N'importe où dans le monde,
chaque seconde je pense à toi. »

Les souvenirs de la fin de l'été affluent à sa mémoire. Les plus beaux. Juste avant que Mathieu parte pour son camp de vacances où il allait travailler comme moniteur auprès de jeunes enfants.

Cette chanson pourrait devenir LEUR chanson.

L'espace d'un instant, elle imagine que Mathieu pose sa main sur la sienne, lui offre une rose rouge, lui avoue qu'elle lui manque, qu'il regrette son départ. Ici, dans la voiture. Mais il se tait et elle aussi.

Une petite neige folle danse autour d'eux. Des mots montent en elle, des mots qui pourraient amorcer un poème si elle s'y employait. *J'ai le goût d'une neige à partager avec toi.* Des mots qu'elle pourrait murmurer à Mathieu au creux de son oreille, qui lui révéleraient les sentiments tapis au fond de son cœur. Des mots qu'elle conserve dans un coin secret, sans les énoncer à voix haute, car ils pourraient se faner. Rien n'est encore résolu entre eux.

Marcher avec lui au bord de l'eau, faire revivre le passé peut-être, le recréer si possible. Mais Mathieu a rejeté sa proposition. Il a préféré le jeu de piste. Elle se prend à croire qu'il a accepté son invitation pour avoir l'occasion de conduire la voiture de son père bien plus que pour sa présence.

Elle s'est raconté une histoire... Il s'est habitué à son absence. Il l'a déjà oubliée et ils ne sont plus que des amis. Une boule se forme dans sa poitrine. Une boule de larmes qu'elle refoule.

Non, pas question !

Les mots qu'elle a écrits la veille : elle les avait pourtant jugés sans intérêt. Non, pas de larmes devant Mathieu. Le mot larme sans L devient une arme. Qu'elle n'utilisera pas. Emmitouflée dans son silence, elle a besoin de tout son courage pour être fidèle à sa résolution de le reconquérir.

De retour chez elle, dans le secret de sa chambre, elle tente d'appeler Martine. Elle a besoin de parler à son amie. Incapable de la joindre, elle se rabat sur son journal qui traîne sur le tapis, ouvert à la page où elle avait interrompu sa dernière lecture. Mais un journal ne répond pas et ne peut la prendre dans ses bras pour la consoler.

Journal du passé

Dimanche 25 avril
Deux concerts à Sherbrooke, samedi et dimanche. Dans l'autobus, il était là, à quelques mètres, et je ne l'avais plus pour moi. Je ne pouvais pas le toucher. J'avais les larmes aux yeux. Si j'avais été seule, j'aurais éclaté.
Après le concert, Mathieu s'est approché de moi. Il m'a posé une ou deux questions : j'ai répondu du bout des lèvres. Je me tenais à distance.
Nous sommes allés nous promener dehors, quelques musiciens, lui et moi. Mathieu s'est

retrouvé à côté de moi. Nous marchions les mains dans les poches. Nous avons traversé un petit pont surplombant de jolies chutes. Après le pont, il y avait une petite butte. Il est passé devant moi. Pas galant pour deux sous, me suis-je dit. Je me trompais. Il m'a tendu la main pour m'aider à monter et il l'a gardée...

Samedi 1ᵉʳ mai
Cet après-midi, à la bibliothèque, nous avons commencé à sortir ensemble officiellement.

Samedi 12 juin
Pique-nique à l'île Saint-Quentin, Martine, Francis, Mathieu et moi. Canot, pédalo, baignade improvisée. En fait, nous voulions juste nous tremper les orteils, car l'eau est encore très froide, mais, en moins de deux minutes, nous étions tous mouillés de la tête aux pieds. Bain de soleil pour se faire sécher.
En soirée, feu de camp en chansons : j'ai une voix de soprano, Martine, d'alto, Francis, de ténor, et Mathieu, de basse.
Grâce à lui, je passe des moments merveilleux, inoubliables... Je refuse de penser à l'été que je passerai sans lui.
Je n'ai pas du tout envie qu'il parte pour ce fichu camp de vacances. Comment vais-je m'en tirer sans lui ?

Samedi 26 juin
Mathieu est parti pour l'été. Il ne revient qu'à la fin août. Pour une fois que ça allait bien entre nous.

5

LA NAISSANCE D'UNE CHANSON

Deuxième jour de la nouvelle année. Laurianne s'affaire à mettre un peu d'ordre dans sa chambre. Ce soir, ses amis viendront chez elle pour la fête qu'elle a organisée.

Elle sait maintenant pourquoi elle s'était réfugiée dans la chambre d'Olivier. Mathieu avait envahi la sienne. Même s'il y avait rarement mis les pieds. Il l'avait délogée en prenant toute la place dans sa vie.

Elle l'attend justement d'une minute à l'autre. Il lui apportera des chaises pour la fête de ce soir.

D'humeur joyeuse, Laurianne s'empare d'un bloc de papier et d'une boîte de pastilles de peinture à l'eau. Avec un pinceau plat, elle trace une large ligne de jaune, puis une autre, orangée, puis une rouge, une bleue, une violette, une rose. Les couleurs se superposent, se mélangent légèrement entre elles et forment un ciel flamboyant. Jamais elle n'aurait cru qu'elle pouvait créer un tel bonheur pour les yeux en si peu de temps et avec si peu de moyens.

Elle appose fièrement son prénom au bas de son tableau.

Son œuvre lui insuffle une force inconnue qui affirme ce qu'elle est en train de devenir, qui permet même de dire... non.

« Non, pas question... » Encore ! Les mots qu'elle avait biffés à la Maison Jaune, amplifiés par sa modeste réalisation. Elle les répète à voix haute, face à son ciel inventé.

Pas question de...

Un poème cherche à naître en elle. Un refrain peut-être... Et si c'était une chanson ?

Laurianne fouille frénétiquement dans son sac, dans l'espoir d'y retrouver la feuille jaune que Michel a distribuée avant de partir en vacances. Elle pourrait peut-être participer à ce concours. Elle écrit déjà des poèmes, pourquoi pas une chanson ?

Elle déniche enfin, entre deux partitions, le feuillet d'information.

Concours de chansons
pour les élèves du secondaire

Paroliers et parolières, à vos crayons
et à vos claviers !
Condition : Étudier dans une école secondaire
de la région
Date limite du concours : 1ᵉʳ février
Voir détails dans Le Nouvelliste

C'est aujourd'hui le 2 janvier. Laurianne a tout son temps pour fignoler un chef-d'œuvre qui a des chances de passer la rampe. Cette idée de participer à un concours l'excite tout à coup au plus haut point. Les lauréats verront leur chanson publiée dans le journal local. Laurianne imagine déjà son nom imprimé en gros caractères... et la tête de Mathieu !

Elle pose son aquarelle déjà sèche sur son lit et lui envoie un baiser de gratitude.

Elle s'assoit ensuite à sa table de travail et s'attelle à sa chanson. Pas question de... Elle laisse venir en elle des mots et des images inattendus qu'elle jette ensuite sur le papier. Elle esquisse sa chanson. Sa première chanson.

Finis les soupirs, les mirages, les illusions... Du réalisme. Voilà ce qu'il lui faut.

Pas question de...
Pas question de détours
Et de fausses promesses
Pas question de velours
Et de folles prouesses

Sa chanson n'a pas encore de titre, mais elle pourrait s'intituler *Illusion* ou *Le mensonge* ou *Les belles promesses*.

Un rythme est en train de s'imposer. Même si une musique trotte déjà dans sa tête, Laurianne va demander à Mathieu de lui en composer une autre. La chanson pourrait elle aussi servir de lien de transmission entre eux.

Laurianne fonde beaucoup d'espoir sur sa rencontre de ce soir avec Mathieu. C'est le premier qu'elle a invité à son *party*. Pour être bien sûre qu'il viendrait.

Le téléphone sonne. C'est justement Mathieu qui l'appelle et la prévient qu'il lui est impossible de se rendre chez elle maintenant comme prévu, qu'il n'apportera les chaises que ce soir. Laurianne éprouve bien une certaine déception, mais elle ne laisse rien voir à Mathieu. Elle saute cependant sur l'occasion pour lui présenter sa proposition.

— Je vais peut-être participer au concours de chansons et j'aimerais bien que tu composes la musique.

Flatté, Mathieu n'hésite pas très longtemps.

— Bah! Oui, pourquoi pas? As-tu déjà écrit les paroles?

— J'ai commencé, mais je n'ai pas fini. As-tu l'intention d'y participer toi-même?

— Non, pas pour le moment. Je pourrais inventer une *toune* et je te l'apporte. Pas besoin de texte.

Laurianne hésite. Mathieu suggère de composer la musique, elle pourrait ajouter des paroles ensuite. Ce n'était pas tout à fait ce qu'elle souhaitait puisque les paroles sont déjà en route. Elle accepte malgré tout cette offre.

Tant pis pour les images romantiques, tant pis pour tout ce qu'elle ne trouve pas en Mathieu. Ne pas s'attarder sur le manque ou sur une sorte d'idéal de l'amour, mettre la lumière sur autre chose, qui sera là, tangible, dans la réalité. L'accepter comme il est ou le laisser tomber.

D'autres phrases lui viennent en tête pour sa chanson, mais elle n'a pas le temps de les noter. Elle a encore bien des choses à faire avant la soirée. Confectionner un gâteau, mettre des croustilles et des arachides dans des bols, choisir les vêtements qu'elle portera, décorer le sous-sol. Le plus important pour l'instant : copier deux de ses poèmes au propre...

Elle observe son aquarelle, bien sage, sur son lit. Ce serait un écrin idéal pour un des deux poèmes. Elle la dépose sur sa table de travail, s'assoit et, de sa plus jolie écriture, avec un stylo à l'encre verte, elle transcrit *Si vous saviez* sur le tableau qu'elle a peint un peu plus tôt. On dirait un message d'amour... Elle pourrait le livrer à son destinataire... Ce soir, par exemple.

Dommage qu'elle n'ait pas le temps de peindre un autre ciel pour y déposer *Noir et blanc*. Elle se contente d'une feuille de papier bleu.

Avoir fabriqué un ciel multicolore, copié ses textes et esquissé une chanson lui a donné des ailes.

En paix avec elle-même. Du côté de l'amour. Elle voudrait toujours pouvoir dire et surtout vivre ces mots-là qui lui font doux à l'intérieur. Elle qui redoutait les fêtes de Noël. Ce sont ses plus belles vacances depuis longtemps.

Oui. C'est aujourd'hui qu'elle parlera à Mathieu. Quand on a dit non, c'est plus facile de dire oui. Laurianne se sent plus... libre, capable de choisir. C'est aujourd'hui qu'elle invitera le garçon qu'elle aime à revenir auprès d'elle.

Martine arrive en fin d'après-midi. Pour la première fois depuis que Mathieu fait partie de sa vie, Laurianne désire parler à son amie à cœur ouvert. Martine a suivi les péripéties de leur couple, mais jamais elle n'a su le fond de l'histoire : Laurianne avait quitté Mathieu sur un coup de tête, par orgueil. Elle lui avait laissé entendre qu'ils avaient rompu d'un commun accord et que cette rupture ne la touchait aucunement. Martine n'était pas dupe et elle avait bien vu que quelque chose n'allait pas, mais elle n'avait pas cherché à en savoir davantage.

Dire la vérité à Martine. Apprendre à lui faire confiance...

Elle retrace pour elle les nombreux hauts et bas de leur relation. Elle raconte la visite rendue à Mathieu à son camp de vacances l'été précédent.

— Il n'a pas été très accueillant. C'est à peine s'il m'a parlé. Personne n'aurait pu deviner qu'on sortait ensemble. Il se passait quelque chose, mais quoi ? J'ai tout de suite pensé qu'il n'avait plus de sentiments pour moi. À un moment donné, je l'ai aperçu qui jasait avec une fille sur la galerie. Je lui ai fait signe. Il est venu me rejoindre. On a marché les mains dans les poches. Il m'a dit qu'il avait développé de l'amitié pour une fille du camp. Une certaine Adèle.

— Décidément, l'interrompt Martine, ce Mathieu est une vraie boîte à surprises. Moi, à ta place, j'aurais cassé.

— J'y ai pensé, mais... je n'étais sûre de rien et puis, j'étais trop à l'envers.

Après lui avoir ouvert son cœur, Laurianne tend à Martine ses deux poèmes et lui demande d'y jeter un coup d'œil. Martine s'assoit en tailleur sur le tapis de la chambre et lit attentivement le premier.

Si vous saviez

Si vous saviez les boucles de ses cheveux
Et le printemps de son souffle
Si vous saviez ses tremblements
Quand je l'ai au bout des mains
Et lui allonge mes tendresses

Si je vous disais encore ses rires colorés
Ma tête légère ancrée entre ses épaules
Et ses baisers à saveur d'aurore
Le temps de ses bras échevelés dans mon dos

Oh! si vous pouviez goûter nos étreintes
délicieuses
Nos éclats d'été
Sa belle face se tapissant dans mon cou
Ses paumes rudes le long de ma jambe

Si vous saviez cet enjôleur
Si vous saviez mes frissons vaporeux
Si vous saviez

Elle relève la tête et pose ses yeux dans ceux de Laurianne, qui est inquiète tout à coup.

— C'est toi qui as écrit cela ?

— Pourquoi, c'est pourri ?

— Non, plutôt le contraire. J'adore.

— Penses-tu que ce serait une bonne idée de lui montrer ce poème ?

— Si tu veux reprendre avec lui, il va craquer, c'est sûr. C'est pour lui que tu l'as composé. Mais...

— Mais quoi ?...

— Il ne mérite pas d'aussi jolis vers, conclut Martine.

Laurianne ne répond pas et Martine plonge dans la lecture du second.

Noir et blanc

Te souvient-il d'une pure nuit
Sans une étreinte, sans aucun souffle ?
Et toi et moi, abandonnés parmi les foules
somnolentes ?
Et le marché de fleurs ?
Et la lune luisant sur le port ?
Et nos regards nus ?

Était-ce encore moi cette même nuit
Pour tes caresses bleues et blondes ?

Pour mes lèvres fragiles perdues dans les
tiennes ?
Et ton bras puissant qui m'arrachait à la terre ?
Et nos mains et nos doigts ruisselants
de tendresse ?
Et ton sourire timide ?
La dernière nuit, l'étrangère s'en fut.
Et c'était bien moi.
Cauchemar !
Où les rires se mêlent à ton rire !
Où tu es, où je ne puis être !
Où les murs et les rêves se confondent !

Mais dites-moi qui je suis ?
Ces aubes sans cesse frémissantes !
Ces matins d'ivresse ou de désespoir !
Et mes nuits, mes nuits,
qu'en reste-t-il, déserteur ?

— Tu dis vraiment la vérité sur tes sentiments. C'est très fort.

— Je n'ai pas l'intention de lui montrer celui-ci. Il est trop... personnel.

— Pourquoi pas ? Tu as besoin de lui parler. C'est le moment pour lui de t'écouter.

— Peut-être que je me ferais pardonner ainsi ?

— Pardonner quoi ?

— De l'avoir quitté.

— Après tout ce que tu m'as raconté, ce n'était peut-être pas une erreur... Enfin, là n'est pas la question.

Martine n'encourage pas Laurianne à reprendre avec Mathieu, mais elle comprend son désir et ne la juge pas. Laurianne se félicite d'avoir été franche avec elle. Elle se sent moins seule. Olivier a peut-être raison quand il affirme qu'il ne faut pas s'isoler.

Les deux filles descendent au sous-sol pour décorer la pièce. Elles déroulent de longues banderoles rouges, jaunes, bleues et elles les suspendent au plafond. Martine fixe au mur des lanternes de carton qu'elle a fabriquées elle-même.

— Qu'est-ce que tu vas porter ce soir, Laurie ?

— Je ne sais pas. J'ai envie de couleur. Je n'ai pas grand-chose dans ma garde-robe.

— C'est ce que tu penses, l'artiste. Montre-moi.

En deux temps, trois mouvements, Martine lui concocte une tenue festive avec un simple jean, une camisole fuchsia et une veste cintrée et courte en velours bleu sombre. Elle ajoute autour de sa taille une écharpe assortie à sa camisole. Elle l'aide à dénouer ses tresses et brosse ses longs cheveux qui déboulent sur son dos.

— Il ne te manque qu'une rose dans les cheveux.

— Dommage pour la rose... répond Laurianne. J'ai une barrette. Ça fera l'affaire.

Elle rit en redressant ses épaules. Elle regarde son reflet dans le miroir et se sourit. Son corps mince se marie bien à cette teinte qui, étrangement, souligne la grâce de ses gestes et sa nature sensible, mais évoque aussi la force de son caractère. Elle se trouve jolie et, ravie, elle esquisse quelques pas de danse.

Journal du passé

Dimanche 11 juillet
Visite à Mathieu au lac Turquoise. Il s'intéresse à une fille du camp, monitrice comme lui. Il m'assure qu'ils ne sont que des amis. Peut-être... Mais comment savoir ? Mon imagination va bon train.

Lundi 12 juillet
Je n'ai pas le cœur à rompre.
Je n'irai plus.
J'ai le cafard depuis ce matin. J'attends ses lettres. Je suis accro à ce point.

6

LA FÊTE

Une fine bruine verglaçante tombe sur la ville. Heureusement, rien pour empêcher les autres invités d'arriver. Olivier accueille chacun d'entre eux et les conduit au sous-sol où Laurianne les attend.

Mathieu est déjà là. C'est bon signe.

Laurianne l'observe. Sans poser de jugements. Pas facile.

Il fait le pitre pour distraire les copains. Il parle fort. Il rit tout le temps.

Sur le vieux canapé recouvert d'un tissu orange, Francis a une conversation animée avec Martine. Ces deux-là se plaisent de toute évidence même s'ils ne sortent pas ensemble. Pas encore du moins... Martine surprend le regard de son amie sur elle et lui fait un discret clin d'œil de complicité. Laurianne a un pincement au cœur en les voyant tous les deux. Elle aimerait être avec Mathieu comme Martine avec Francis.

Flagrant délit de mélancolie. Éviter de souligner ce qui est absent...

Olivier s'approche de sa sœur.

— Va lui parler, suggère-t-il. Moi, je vais l'observer pendant ce temps et... prendre des notes.

Ce processus d'évaluation la rend mal à l'aise et elle regrette d'avoir mis son frère à son service et surtout dans son secret. Elle a, encore une fois, l'impression de jouer dans un film policier et d'être une détective sur la piste d'un malfaiteur.

Elle acquiesce néanmoins à l'idée de son frère et s'immisce doucement dans la conversation enflammée que Mathieu poursuit avec Sébastien et Fanny. Elle essaie tant bien que mal de donner son opinion, mais elle n'a pas la répartie aussi facile que Fanny et personne ne l'écoute. Elle abandonne assez rapidement le trio.

Un peu plus tard, Mathieu commence à danser, aussitôt suivi par une collection de filles. Il crie à Laurianne de venir les rejoindre. Elle s'amuse avec eux une dizaine de minutes. Il agit comme un petit roi avec sa cour autour de lui et il fait le beau sans arrêt. Elle se sent une parmi les autres et ne voit pas l'heure où elle pourra lui parler en tête-à-tête.

Ne pas noter ce qui lui déplaît... Est-ce possible ?

Pleine de dépit et d'amertume, elle s'esquive, monte au rez-de-chaussée, enfile son manteau et sort sur la galerie. Le ciel est nuageux et les arbres, recouverts d'une fine couche de glace, frissonnent dans la nuit.

La plupart de ses amis sont là, près d'elle, dans la maison, et pourtant, dame Solitude rôde autour d'elle. Elle se trouve bien loin de la soirée parfaite qu'elle avait imaginée.

Toutes ses entreprises pour mieux connaître Mathieu, mettre plus de couleur dans sa vie, lui semblent soudain vaines, puériles et ridicules. Même Olivier vient de descendre de quelques degrés dans l'échelle de son idéal. N'est-ce pas lui qui a eu cette idée d'organiser une fête pour observer Mathieu? Elle la trouvait formidable il y a deux semaines...

Confrontation des rêves et de la réalité, lui dirait sa mère.

Seule avec son rêve déconfit, en purée. Elle se voit comme un bébé forcé d'avaler une bouillie au goût détestable, prétendument bonne pour la santé.

Impression d'avoir été bernée.

Attention! Pensées de trahison en route vers le cœur. Mettre en marche le nouveau système «les couleurs de la vie»... Nommer ce qui se trouve sous ses yeux, ce qu'elle aime...

«J'aime mon père, ma mère, mon frère, c'est certain, Michel, Martine, Francis,

Fanny. Et la musique, c'est certain. *Les voix du printemps*, *Le beau Danube bleu*, les chansons d'Andrée Watters, Marilou, Mathieu, Mathieu, Mathieu, même s'il s'est peu occupé de moi ce soir. »

Non, ça ne se passera pas comme cela. Pas question qu'elle se défile... Pas question qu'il se défile...

Elle retourne dans la maison, récupère ses poèmes dans sa chambre et descend au sous-sol. Elle tire Mathieu par la manche et lui demande de la rejoindre dehors, sur la galerie.

Mathieu arrive en enfilant un chandail pour se protéger du froid. Elle plonge, sachant bien que, si elle attend trop longtemps, elle risque de ne pas pouvoir ouvrir la bouche.

— J'ai quelque chose à te dire.

Les yeux de son copain, comme un aimant, se posent sur elle. Elle se dandine sur ses pieds pour se donner du courage. Ne pas reculer.

— J'ai fait une erreur, murmure-t-elle en mettant sa main sur son bras.

— Quelle erreur ?

— Je n'aurais pas dû casser. Ce n'était pas ce que je voulais vraiment. Je n'étais pas prête.

Mathieu ne la lâche pas du regard. Il l'entoure de ses bras.

— Est-ce à dire que si on reprend, tu vas encore me laisser tomber ?

— Non, tu as mal compris, bafouille-t-elle. Ce ne sont pas mes sentiments qui ont dicté ma conduite. J'ai agi par orgueil.

Mathieu l'écoute avec attention, mais ne dit mot. Il s'éloigne légèrement d'elle et croise ses bras sur sa poitrine, là où elle aimerait poser sa tête. Elle a été maladroite, n'a pas dit exactement ce qu'il fallait pour le retenir. Son honnêteté n'a pas porté ses fruits, n'a pas eu l'effet escompté sur lui.

Le voyant s'échapper, elle joue sa deuxième carte, exhibe ses poèmes qu'elle a enroulés individuellement.

— Ce sont des poèmes que j'ai écrits pour toi... Non, enfin... c'est toi qui me les as inspirés.

— Pour moi ? s'étonne Mathieu.

Dans son énervement, elle lui tend les deux feuillets. Elle ne voulait pourtant lui en montrer qu'un seul. Mathieu déroule immédiatement celui qui est attaché avec un ruban rouge.

Il parcourt silencieusement les premiers vers. Puis, de sa voix grave, il lit la dernière strophe à voix haute, en détachant chaque vers.

Mais dites-moi qui je suis ?
Ces aubes sans cesse frémissantes !
Ces matins d'ivresse ou de désespoir !
Et mes nuits, mes nuits,
qu'en reste-t-il, déserteur ?

— C'est moi, le déserteur ? Ça sonne comme une accusation. Il me semble que c'est toi qui m'as quitté.

— Oui, mais tu ne savais pas ce que tu voulais.

Cette dernière phrase lui a échappé, sur un ton un peu plus agressif aussi. Erreur. Encore une autre. La vérité n'est pas toujours simple à dire.

— J'ai froid, Laurianne. Je rentre.

— Regarde l'autre poème avant.

Mathieu détache le ruban rose qui entoure l'aquarelle, la déroule, jette un coup d'œil rapide sur le texte, plie le papier en quatre et le met dans la poche arrière de son jean. Il dépose un instant ses doux yeux bleus dans ceux de Laurianne et retourne au sous-sol sans l'attendre.

Il n'a pas commenté son second poème. N'a pas remarqué non plus le ciel magnifique qui lui servait de toile de fond. N'a pas compris tout l'amour qu'elle avait pour lui. Il n'a relevé que le mot déserteur. Elle a marché sur son orgueil et monté tout ce scénario pour rien.

Pourra-t-elle passer l'éponge sur cette mauvaise stratégie? Pourra-t-elle se pardonner à elle-même comme elle a pardonné à Mathieu?

Pourtant, malgré sa maladresse et le peu d'intérêt que lui a réservé Mathieu, elle a agi selon ses propres décisions: c'est un pas dans la bonne direction. Une aquarelle s'esquisse au fond de son cœur.

Elle rentre chez elle sans faire de bruit. Au salon, son père, très concentré sur sa lecture, comme d'habitude, et sa mère, absorbée dans une émission de télévision, ne semblent pas s'être aperçus de son escapade. Elle retire son manteau et se dirige vers la cuisine.

Elle croise son frère qui est monté chercher quelque chose à boire.

— Où étais-tu, Laurie?

— Dehors. J'étais en train de te jeter en bas de ton piédestal.

— Je ne savais pas que j'y étais.

— Depuis que tu es parti, c'est là que je t'avais installé.

— Et Mathieu ?

— Lui aussi, je vais le jeter en bas de son piédestal.

— C'est une bonne idée, répond Olivier.

Aucune autre remarque. Elle se rappelle qu'il voulait simplement l'aider, qu'il est loin d'être Dieu, qu'il ne peut deviner ce qui se passe en elle. Comment pourrait-il en être autrement puisqu'elle l'ignore souvent elle-même ?

Avoir parlé à Mathieu lui a cependant permis de rentrer chez elle, pas seulement dans la maison, mais dans un lieu confortable, rassurant et paisible au fond d'elle-même.

Laurianne redescend au sous-sol. Les amis sont écrasés sur le canapé et les coussins qui sont par terre.

Montrer à Mathieu ses couleurs vives.

« Ni ton recul ni ton absence, Mathieu, n'auront raison de moi. Tu as assez joué au yoyo avec moi. Une nouvelle Laurianne est en train de naître et tu ne pourras pas y résister. »

Elle change la musique et se met à danser. La danse l'enflamme et lui rougit le visage. Elle en a assez de vouloir lui plaire à tout prix. Elle s'amusera, que Mathieu la regarde ou non. Ce qu'il ne semble pas vouloir faire d'ailleurs puisqu'il est en train de jaser dans un coin avec Fanny. Si elle pouvait se coller encore plus contre lui, celle-là, elle le ferait, à n'en pas douter. Il est vrai qu'elle a toujours eu un faible pour lui et il ne serait pas surprenant que Mathieu soit sensible, et même prenne goût, à ses yeux vifs, ses cheveux noirs, son charme et sa spontanéité.

Pas question qu'elle se mette à l'envers...

Elle se laisse saisir par la musique et tout son corps se déploie. Son plaisir est si grand que même Mathieu ne saurait l'émouvoir davantage en cet instant.

Puis, essoufflée, elle s'assoit dans l'escalier du sous-sol pour observer ses invités. Sur une serviette de papier qui traîne sur une marche, elle note quelques phrases qu'elle ajoutera à sa chanson.

Pas question de tes blagues
Et de tes boucles blondes
Pas question de tes rires
De tes lèvres à la ronde

Pas question de mes drames
Et de ma déraison
Pas question de mes larmes
Et de mes illusions

Elle fourre la serviette dans sa poche.

Laurianne est revenue à sa vie, que Mathieu y occupe une place ou non. Elle est revenue de son côté à elle.

Journal du passé

Mardi 13 juillet
Difficile de parler sérieusement avec Mathieu. Il tourne tout en blagues. Ça ne va jamais plus loin et ce n'est pas toujours drôle. Je n'ai pas toujours pensé cela, mais aujourd'hui, je découvre un autre visage de ce garçon.

Mercredi 14 juillet
On ne sait jamais à quoi s'attendre avec lui...

Jeudi 15 juillet
J'en ai assez de ses allers-retours.

7

TRAHISONS

Seule dans sa chambre, ce dimanche de janvier, Laurianne fignole sa chanson. Il lui reste quelques rimes à trouver. Elle s'est couchée à deux heures, la veille, pour en venir à bout.

C'est bien décidé. Elle va participer au concours. Pourquoi n'aurait-elle pas la chance de gagner elle aussi?

Mathieu n'a pas donné signe de vie depuis la soirée du 2 janvier. Il ne l'a pas rappelée. Ni pour la musique de sa chanson ni pour la reprise possible de leur relation.

Laurianne sait qu'il a fait du ski la fin de semaine précédente, car Martine l'a vu et elle a aperçu Caroline près de lui. Il lui faisait tellement d'effet sur les pistes l'année précédente qu'elle en devenait presque folle. Il descend fameusement bien. Pas comme elle qui est plutôt poche. Elle se rappelle avec amertume que son professeur de ski lui avait même conseillé de suivre un cours où elle pourrait apprendre plus lentement. Pourtant, elle était au niveau débutant. Conclusion : elle avait rangé ses skis pour toujours.

Cette année, Laurianne préfère patiner. Elle a même demandé à son père de lui faire une patinoire dans la cour comme il le faisait quand elle était petite. À l'époque où il l'appelait « balloune » et que ça la faisait encore rire.

Son père va sortir encore aujourd'hui, dans une heure environ. Jeudi dernier, elle est allée frapper à la porte de la bâtisse grise du vieux Trois-Rivières. Mais personne n'a répondu.

Par la fenêtre de sa chambre, Laurianne aperçoit Annie qui émerge de sa petite Toyota Tercel rouge et entre dans la maison.

Elle est arrivée depuis quelques jours. Elle étudie en pédagogie à l'Université du Québec à Trois-Rivières. Chaque fin de semaine, elle retourne à Joliette où habite sa mère. Laurianne se demande si ce voyage hebdomadaire ne serait pas aussi l'indice de la présence d'un amoureux, mais Annie reste très évasive à ce sujet. Jusqu'à maintenant, les deux sœurs n'ont eu que des rapports polis et superficiels.

Laurianne lorgne la voiture qui pourrait lui être utile à l'occasion. Aujourd'hui, par exemple. Elle sort de sa chambre en trombe et accoste Annie avant qu'elle ne referme la porte de la sienne. Elle lui explique brièvement qu'elle aurait une course à faire au centre-ville et lui demande de l'y conduire. Annie accepte.

En montant dans la voiture, Laurianne jette un nouveau regard sur sa demi-sœur et la trouve jolie soudain, avec ses cheveux bruns mi-longs, ses yeux bruns, son air énergique. Une fille qui semble savoir ce qu'elle veut.

— On n'aura qu'à suivre discrètement la voiture de papa.

— Pourquoi? demande la conductrice intriguée.

— Je t'expliquerai plus tard. Je l'entends sortir.

Et les voilà en route.

— Tu ressembles à ta mère, affirme Annie.

— C'est vrai. Et toi, à la tienne, je suppose. En tout cas, on ne croirait pas qu'on est deux sœurs... Papa va vers le centre-ville.

— Pas du tout, regarde, il tourne à gauche rue Laviolette.

Laurianne ne peut cacher sa surprise. Annie ne pose pas de questions, heureusement. Monsieur Lefrançois les entraîne jusqu'à une petite rue perpendiculaire au boulevard des Forges. Il entre dans le stationnement attenant à une église. Une femme d'âge moyen arrive au même moment que lui. Il l'embrasse sur les deux joues et ils pénètrent tous les deux dans le sous-sol de l'église par une porte de côté.

Annie est intriguée à son tour et fixe Laurianne d'un air étonné. Les deux filles sortent de la voiture.

— Je vais voir, dit Laurianne. Attends-moi ici. Je reviens tout de suite.

— Non, j'y vais aussi, insiste Annie. Qu'est-ce que c'est que cette histoire ?

— Je n'en sais pas plus que toi. Mais j'ai bien l'intention d'en avoir le cœur net.

Une pancarte sur la porte par laquelle s'est engouffré leur père affiche deux grandes lettres imprimées en noir : AA.

— Les Alcooliques anonymes... Je ne peux pas le croire, s'exclame Annie. Maman m'en avait glissé un mot, mais je pensais que c'était un prétexte pour se séparer de lui.

C'est au tour de Laurianne de ne plus rien comprendre. Elle interroge sa demi-sœur du regard. Celle-ci ouvre la porte et met son doigt sur sa bouche pour inviter Laurianne à se taire.

Elles descendent dans une grande salle et se placent derrière une colonne d'où elles observent une scène étonnante. Leur père est installé sur une chaise droite au milieu d'une trentaine de personnes. En avant, un homme assis derrière une table et tenant un micro commence à parler.

— Je m'appelle Claude et je suis alcoolique.

Il raconte sa vie. Son autre vie, dit-il, quand il prenait un verre.

Laurianne est rouge jusqu'à la racine des cheveux. Elle ne s'explique pas la présence de son père dans cet endroit. Elle ne l'a jamais vu boire. Malgré son raisonnement, la honte l'envahit. Elle craint soudain que quelqu'un dans la salle la reconnaisse. On pourrait même croire qu'elle est elle-même alcoolique.

Peut-être accompagne-t-il quelqu'un à cette drôle de réunion ? Cette femme qu'il a embrassée devant la porte du sous-sol de l'église, ou cette autre qu'elle a vue entrer dans la bâtisse grise l'autre jour avec Mathieu ? Cette femme avec qui il trahit sans doute sa mère.

Elle donne un coup de coude à Annie et l'invite du regard à se diriger vers la sortie. Juste au moment où elles s'apprêtent à quitter la grande salle, leur père se retourne et les aperçoit. Leurs regards se croisent.

Laurianne fait signe à Annie de la suivre. Elles s'enfuient de la salle et courent vers le stationnement. Aucune des deux n'a envie d'affronter Christophe Lefrançois.

— Allons boire un café, suggère Annie. On pourra jaser un peu.

— Je suis complètement perdue. D'accord pour un café... Enfin, ce sera une limonade pour moi.

Une complicité inattendue vient de naître entre les deux sœurs. Laurianne a besoin de cette nouvelle venue, pas seulement de sa voiture, mais aussi de son histoire. Elle pressent que cette Annie possède une clé susceptible d'éclairer ses recherches.

Elles s'installent toutes les deux sur les bancs capitonnés d'un restaurant du centre-ville.

Laurianne presse sa sœur de raconter ce qu'elle sait, mais, du même souffle, l'assure que son père n'a jamais pris un verre devant elle.

— Ce n'est pourtant pas ce que maman m'a dit. Elle l'a même quitté pour cela. Moi, je n'en ai aucun souvenir. Alors, j'ai peine à le croire. J'ai toujours pensé qu'elle l'avait noirci à mes yeux pour m'avoir de son côté ou pour justifier sa séparation.

— Elle a accepté que tu viennes vivre ici ?

— Je ne lui ai pas laissé le choix. Elle a peur que je subisse son influence. C'est peut-être parce que je ne le connais pas beaucoup, mais jusqu'à maintenant, je le trouve gentil et sympathique... En tout cas, il m'a ouvert la porte de sa maison.

— C'est peut-être maman qui l'a poussé à accepter... On ne parle pas du même homme, Annie. Il est plutôt enfermé dans sa bulle.

Est-ce le même homme, en effet, qui triche, ment ? Il est vrai qu'elle n'en a pas la preuve. Pas encore.

— Comment peux-tu le trouver gentil ? reprend Laurianne. Il n'a jamais cherché à te rencontrer. Ce n'est pas par hasard qu'on se connaît si peu.

— N'en rajoute pas, Laurianne. Je déteste penser à ça.

— Je pense qu'il y a une autre femme dans la vie de papa.

Laurianne a chaud et rougit en dévoilant ainsi une de ses pensées les plus secrètes à une pure étrangère, même si celle-ci est sa demi-sœur.

— Comment le sais-tu ?

Et elle de lui raconter l'épisode de la première poursuite en voiture.

— Il allait peut-être à une réunion des AA. Maman m'a déjà dit qu'il y en avait partout.

— Je ne pense pas, l'arrête Laurianne. À mon avis, c'est une fausse piste. Je suis sûre que papa ne boit pas. Mais sa... son amie boit peut-être.

— Tu ne trouves pas que tu exagères un peu ? D'un autre côté, j'ai toujours pensé que maman me cachait des choses, qu'elle ne me disait pas toute la vérité au sujet de mon père. Alors, j'avoue que j'ai imaginé cent fois qu'il y avait une autre femme...

Les deux sœurs terminent leur consommation. Laurianne joue avec ses tresses et Annie avec sa petite cuillère.

— Je ne sais pas si on parle du même homme, remarque Laurianne, mais tu es vraiment ma sœur. Tu imagines ce que tu ne sais pas et... il faut toujours que tu fasses quelque chose avec tes doigts.

Elles rient de nouveau de se découvrir ainsi une parenté qui va jusqu'au bout des doigts...

— J'étais contrariée que tu viennes t'installer chez nous, avoue Laurianne à sa sœur. Mais maintenant, je suis contente. J'ai une alliée.

Annie demande l'addition et refuse que Laurianne paie sa part.

— Je t'invite.

— Mais tu n'as pas d'argent. Puisque tu ne peux pas avoir ton propre appartement.

— Si j'avais vraiment voulu, je l'aurais eu. Je voulais connaître mon père. Au début, ma mère s'y est opposée, mais elle a fini par admettre que ce serait une bonne chose que je découvre sa vraie nature. Et puis, ne t'en fais pas. Je vais donner des cours de tai-chi pour payer mes études, mon essence et nos consommations.

Les deux filles quittent le restaurant et marchent jusqu'à la rue Bonaventure où Annie a garé sa voiture. Laurianne ouvre la portière et prend place du côté passager.

— Je vais confronter papa, déclare-t-elle à sa sœur. J'en ai assez de m'imaginer des choses.

— En tout cas, c'est signe que tu as de l'imagination, rétorque Annie en démarrant.

Elle prend Bonaventure jusqu'au bout, arrête au feu rouge rue Sainte-Marie. Devant elles, une auto impossible à oublier, celle du père de Mathieu, arrive dans l'autre sens. Attentive, Laurianne s'étire le cou pour mieux voir. Mathieu est au volant. À sa droite, une fille. Le feu tourne au vert. Annie repart.

La fille, c'est cette Caroline qui joue dans la même pièce de théâtre que Mathieu. Cette année, la troupe monte *Candide* de Voltaire. Mathieu joue Candide et Caroline, Cunégonde.

« La voleuse de copain ! Le menteur ! Lui aussi, je vais le confronter. À nous deux, Mathieu Bélisle ! »

Laurianne garde ses pensées pour elle. Même à sa sœur, on ne peut tout dire. Pas tout de suite.

En descendant de la voiture, Annie lui répète :

— Tout va s'arranger. Ne t'inquiète pas. On va parler à notre père. Je suis avec toi maintenant... et tu es avec moi, conclut-elle en souriant.

Laurianne émet un grognement en guise de réponse.

Son père n'est pas rentré. La confrontation est remise à une autre fois.

Cette question la poursuit : « Est-ce le même homme... ? » Et Mathieu ? Est-ce le même garçon qui est si attachant et qui valse entre les filles, se faufile entre elles comme le skieur entre les obstacles ?

Dans le passage qui mène à sa chambre, elle ouvre machinalement l'ordinateur pour vérifier s'il y a des courriels. Elle tape l'adresse électronique d'Olivier.

Allô Oli,
B soin d t parl r. Pagaill dans ma t t . Ri n n
va plus quand tu n' s pas là. J m s ns comm un
piano auqu l il manqu un not d musiqu ...
Comm c m ssag ...
Laurie

Elle aperçoit sa chanson qui traîne sur sa table de travail. Relit le dernier passage qu'elle a composé.

Tu n'as vu de moi que le sombre
Tu n'as pris de moi que les ombres
S'il n'y a pas de lumière dans tes yeux
Je me regarderai ailleurs que dans tes yeux

Pas question...

Pas question que les pères menteurs racontent n'importe quoi à leur fille. Pas question qu'elle s'attarde à ces gars qui passent leur temps à hésiter, à se désister, ces marins modernes auxquels on ne peut faire confiance et auxquels on ne devrait pas s'attacher.

À l'eau, sa chanson. Elle lui paraît soudain ridicule. Personne ne risque de s'y intéresser. Personne ne trouvera jamais bon ce qu'elle compose.

La preuve, Mathieu n'en a pas encore composé la musique. Elle ne peut pas compter sur lui. Il plaidera qu'il n'avait pas d'inspiration... Il n'aura sans doute pas beaucoup aimé les poèmes qu'elle lui a offerts. Il aura trouvé les paroles trop... ordinaires. Pourtant, ces paroles, elles lui viennent du cœur.

Décidément, Mathieu est trop occupé à courtiser Caroline.

«Comment se fait-il que moi, je l'aime tant?»

Sur sa table, sa chanson semble la narguer. Elle s'en empare, la déchire, chiffonne la feuille et la lance dans la corbeille.

Une heure plus tard apparaît sur l'écran la réponse de son frère.

Allô Laurie,
Que dirais-tu de venir passer une fin de semaine à Montréal? On pourrait prendre le temps de jaser un bon coup. Sinon, écris-moi ce qui ne va pas. Et garde confiance. Tout va s'arranger. J'attends ta réponse. Je t'embrasse.
Oli

Si c'était vrai? Si sa demi-sœur et son frère avaient raison? Si tout s'arrangeait? Elle ne peut toutefois pas voir comment les fils enchevêtrés de ses relations pourraient se dénouer.

Oli,
J'arrive vendredi soir.
Laurie

Journal du passé

Jeudi 22 juillet
Grand-maman Lefrançois est décédée hier.

Samedi 31 juillet
Papa est bizarre. Il est assis, dans la cuisine, dans le noir. Il parle tout seul, à voix haute. Il me fait un peu peur. Je n'ai pas osé le déranger. C'était très décousu, ce qu'il disait, et je me suis sauvée dans ma chambre.
Maman, où es-tu ?

8

DESTINATION VÉRITÉ

Vendredi soir. 23 janvier. Terminus d'auto-bus, rue Saint-Georges. Départ pour Montréal. Le trajet se déroule bien. Sur le siège, derrière elle, une femme, cellulaire en main, raconte sa vie à quelqu'un. Laurianne pose son baladeur sur ses oreilles et écoute les chansons de Marie-Élaine Thibert.

C'est la première fois qu'elle vient dans la grande ville toute seule. Sa mère lui a fait un nombre incalculable de recommandations avant de la laisser partir.

Olivier ne peut l'attendre au terminus. Il lui a bien expliqué son trajet. Ce sera son baptême de métro puisqu'il n'y en a pas à Trois-Rivières. Elle sent poindre un léger sentiment d'insécurité, mais elle est heureuse de vivre cette nouvelle expérience. Comme si elle venait découvrir un autre pays, elle a glissé une carte de la ville dans sa poche, avant de partir.

Elle prend le métro, direction Henri-Bourassa, comme le lui a indiqué Olivier, et descend à la station Laurier. De là, elle monte dans le 51 ouest. Tout va bien et l'inquiétude fait bientôt place à une grande fierté et surtout à une vague de liberté. Seule, sans personne pour l'aider, elle se tire très bien d'affaire. Elle redresse les épaules et retrouve l'excitation qui l'animait au moment de son départ de Trois-Rivières.

Elle descend rue Édouard-Montpetit. Olivier, qui était sorti, arrive à son petit appartement en même temps qu'elle. Il l'embrasse sur la joue.

— Tu t'es bien débrouillée ?

— Comme tu vois.

Laurianne examine le deux et demie de son frère qui compte une minuscule cuisine où il est impossible de manger à trois et une seule autre pièce où se trouvent deux lits : un grand dans lequel il dort et un autre, plus petit, recouvert de coussins, qui lui sert de divan.

— C'est là que je vais coucher ?

— Eh oui !

— Est-ce que... comment elle s'appelle ta blonde, déjà ?

— Sylviane.

— Est-ce qu'elle va venir ?

— Non, pas ce soir. Demain, si tu veux. Tu pourras la rencontrer. Elle pourrait venir souper et on pourrait aller au cinéma...

— On verra.

Laurianne n'a pas envie de rencontrer Sylviane. Il y a déjà une nouvelle venue dans sa vie, Annie, et avec tout ce qu'elle découvre de sa famille, assez de situations inhabituelles. Elle a envie d'avoir son frère pour elle toute seule.

Ils s'installent sur le lit jumeau au milieu des coussins noirs et blancs. Olivier offre quelque chose à boire à Laurianne.

— As-tu de l'orangeade?

— Non, seulement de la bière et du jus d'orange. Demain, j'achèterai autre chose.

— Du jus alors.

— Je pense que papa a une autre femme dans sa vie, lance Laurianne à Olivier avant même qu'ils aient eu le temps de boire une gorgée de leur boisson.

— Tu en es sûre?

— Non, mais j'ai des indices qui ne trompent pas.

Laurianne raconte à Olivier les filatures en auto, sa surprise de voir son père parmi des gens qui se disaient alcooliques et les résultats de sa petite enquête.

— Laurie, tu imagines qu'il y a une autre femme ou tu crains qu'il y en ait une? Ce n'est pas nécessairement la réalité.

Mécontente que son frère ne prête pas foi à son hypothèse, Laurianne se replie sur elle-même. Elle tourne au rouge et serre les lèvres.

— Calme-toi, lui dit Olivier.

— Et toi, tu ne veux rien entendre. Depuis que tu es en psycho, tu penses tout savoir. Ce n'est pas parce que j'ai seulement quinze ans que je ne vois rien. Tu ne sais pas ce qui se passe, toi. Tu es parti.

Contrit, Olivier s'excuse.

— Tu as peut-être raison.

Laurianne se détend un peu, elle se lève pour se délier les jambes.

— En tout cas, reprend Olivier après quelques instants de silence, il y a une chose que tu as bien vue.

— Laquelle ?

— Notre père a un problème d'alcool.

— Impossible, affirme sa sœur catégoriquement.

— Je pense que, depuis qu'il est avec maman, il a fait beaucoup d'efforts pour se contrôler, pour ne pas la perdre elle aussi.

— Tu l'as déjà vu boire, toi ?

— Oui, un jour, maman était partie à Québec, chez tante Aline. J'avais treize ou quatorze ans. Papa est sorti, il m'a laissé seul avec toi qui dormais. À deux heures du matin, il n'était pas encore rentré et j'étais inquiet. Comme maman a dû l'être bien souvent d'ailleurs. J'ai appelé son ami, Robert. C'est sa femme qui a répondu. Son mari n'était pas rentré non plus. Elle est allée les chercher dans un bar du centre-ville. Elle a déposé papa devant la maison. Il a titubé jusqu'en arrière. Il s'est effondré au bas de l'escalier. Il parlait haut. J'avais peur qu'il réveille les voisins. J'ai voulu l'aider à monter, mais il a refusé. Il s'est traîné dans la maison et il a rampé jusqu'à la salle de bains. J'ai essayé de le mettre dans son lit, mais je n'ai pas réussi. Ça m'a tellement dégoûté que j'ai vomi.

Laurianne marche de long en large dans la pièce. Olivier continue.

— Dernièrement, après la mort de grand-maman, il est parti quatre jours de la maison. Sans dire où il allait. Même maman ne le savait pas.

— Comment ça se fait que vous ne m'avez pas parlé de cela ?

— Maman ne voulait pas te perturber. Elle te trouvait trop jeune pour affronter ça. Elle t'a dit qu'il était parti à Toronto pour ses affaires.

— Au mois d'août ? Elle m'a menti ? Et toi aussi ? C'était faux ?

Laurianne voudrait fuir l'appartement d'Olivier, claquer la porte. Elle ne peut croire qu'on lui ait dissimulé des choses aussi importantes.

— Même toi, que j'ai toujours considéré comme un ami, à qui je disais tout, tu m'as joué dans le dos.

— Tu as de la difficulté à le digérer ?

— Ne joue pas les psys avec moi !

— Maman m'avait interdit de t'en parler. J'aurais dû le faire quand même. Pardonne-moi. Ce n'est pas facile pour moi non plus. Je pensais qu'en quittant la maison, je me sentirais mieux, mais j'ai encore bien des dossiers non réglés sur ma table de travail. Pourquoi penses-tu que j'étudie en psychologie ?

Devant tant de sincérité, Laurianne se calme. Elle se rassoit.

— Et au mois d'octobre, le voyage ?

— En thérapie, trois semaines.

— Maman va en entendre parler, crois-moi. D'ailleurs, je vais peut-être repartir dès demain.

— Vas-y doucement. Elle a cru bien faire. Et puis, profite donc de ta fin de semaine. Ce n'est pas un jour de plus ou de moins qui va changer quelque chose. Pour ce qui est de l'autre femme, s'il y en a une autre, c'est leur histoire de couple. Ça ne nous regarde pas.

— Facile à dire. Moi, ça me dérange de penser que peut-être... Mais tu as raison... Je déteste que tu aies toujours raison.

— Tu sais bien que je n'ai pas toujours raison... mais il ne s'agit pas de cela. Je suis soulagé que papa aille aux AA. Il n'a jamais voulu y aller. Si tu savais quelle bonne nouvelle tu m'as apportée ! Tu es la messagère du bonheur, ce soir.

Ils rient tous les deux. Le ballon de colère se dégonfle.

Olivier revient sur leur emploi du temps.

— À propos du souper de demain, qu'est-ce que tu en penses ?

— On pourrait aller au cinéma avec Sylviane et souper seulement toi et moi. Ça me donnerait plus de temps avec toi... puisque tu dois étudier avec elle demain.

Olivier réfléchit quelques instants et sourit à sa sœur.

— Ça peut certainement s'arranger.

Satisfaite, Laurianne se lève et fait le tour de l'appartement.

— Mets donc un peu de couleur ici, lance-t-elle à Olivier.

— Je n'ai pas beaucoup de sous.

— Ce n'est pas une question d'argent. Je suis sûre que Martine trouverait une solution à cela en deux temps, trois mouvements.

Nous pourrions revenir à Montréal toutes les deux ou elle pourrait t'envoyer des suggestions par Internet. Tiens, je vais lui envoyer un courriel.

Laurianne sent le besoin de se relier à son amie.

Chère Martine,
As-tu une idée pour colorer l'appartement d'Olivier ? Tout est gris, noir et blanc, ici. Trop morose. Quelque chose qui ne coûte pas cher. Et pendant qu'on y est, pour ma chambre aussi. Elle est trop rose à mon goût. Tiens, on pourrait mettre un peu des couleurs de mon frère dans la mienne. Une idée, s'il te plaît ! Quelque chose qui ne coûterait presque rien.
J'arriverai à Trois-Rivières à deux heures, dimanche après-midi. Si tu veux, on pourrait se rencontrer au terminus et aller travailler à la Maison Jaune ? J'ai bien des choses à te raconter.
Laurie

Le ménage continue. Le ménage de sa vie. Le besoin de dire la vérité, de ne plus être seule avec la vérité.

Journal du passé

Samedi 21 août
Mathieu est revenu. Je suis retombée dans ses bras.

Jeudi 26 août

C'était mon anniversaire hier et Fanny avait invité tout le monde chez elle. Mathieu et moi, nous avons passé la soirée à nous embrasser. Nous sommes partis tous les deux vers quatre heures du matin, et nous avons marché jusqu'au port. Il y avait tellement longtemps que je ne l'avais pas vu et touché.

Nous sommes restés là, sur un banc, jusqu'à ce que le soleil se lève. C'était magnifique. Le plus beau cadeau d'anniversaire de toute ma vie.

Nous sommes revenus chez moi, à pied, au matin. Nous nous sommes assis devant la maison et avons jasé. De tout et de rien. De la vie. De l'amour. De la peine aussi.

Ma mère nous a aperçus par la fenêtre. Elle était furieuse. Elle m'a dit que j'étais trop jeune pour être amoureuse et toutes sortes d'autres choses avec lesquelles je suis en parfait désaccord. Mais que m'importe ? Mathieu est là.

Mon père est parti pour Toronto. Maman ne sait pas quand il reviendra.

9

UNE RÉVÉLATION-CHOC

Dimanche après-midi. Laurianne, qui revient de Montréal, descend de l'autobus au terminus du centre-ville de Trois-Rivières. Martine l'y attend. Elle avait reçu son courriel et lui avait immédiatement répondu avec un petit mot étrange :

Il y a du nouveau dans l'affaire Mathieu/Caroline.

Laurianne trépigne d'impatience.

— C'est joli, ta tuque rose et tes cheveux qui tombent de chaque côté, lui dit Martine en l'embrassant sur la joue.

— Rose fuchsia ! J'adore cette couleur.

— Tu t'habilles moins... tiède. Ça te va bien.

— Merci ! Alors ? Mathieu ?

— Attends une minute, l'autobus arrive.

Les deux filles montent dans l'autobus. Malheureusement, elles ne peuvent s'asseoir ensemble. À la Maison Jaune, la plupart des locaux sont occupés. Faute de places, elles sont forcées de s'installer à une longue table commune où une fille étudie. Pas moyen d'avoir la conversation promise.

Martine entreprend la rédaction de son texte argumentatif et Laurianne ouvre à regret son roman en anglais, *Dr. Jekyll and Mr. Hyde*. Mais c'est peine perdue et bientôt, la curiosité l'emporte sur l'étude.

— Et alors, c'est quoi, ta nouvelle ? chuchote Laurianne à son amie.

— J'ai parlé avec Caroline jeudi, après la répétition de la pièce de théâtre. Écoute bien : elle m'a raconté, très fière, que Mathieu lui avait offert un poème.

— Il écrit des poèmes, lui ? Depuis quand ?

— Justement, j'ai eu un doute. Je lui ai demandé de me le montrer.

— Est-ce qu'elle l'a fait ?

— Non, mais elle m'a dit le titre.

— Et c'est... ?

— *Si vous saviez.*

Laurianne est révoltée.

— Je n'arrive pas à le croire. C'est de la provocation. Elle sait très bien que tu es mon amie.

Difficile d'étudier et de travailler après une telle révélation. Il le faut pourtant. Les deux filles se penchent sur leur travail respectif. Martine met son baladeur sur ses oreilles et reprend son travail de français. Laurianne replonge dans sa lecture, mais elle ne parvient pas à se concentrer. Elle ne peut s'empêcher de reprendre le fil de leur conversation. Elle fait un effort pour parler très bas afin de ne pas déranger leur voisine.

— Il faut que je voie ce poème.

— Ce n'est peut-être pas le tien.

— Je suis sûre que oui.

— Elle ne sait même pas que tu écris des poèmes. Tu as toujours gardé ça secret. Même moi, je ne l'ai appris que pendant les vacances de Noël.

Laurianne, les joues en feu, met ses pieds sur sa chaise et sirote rageusement sa boisson aux fraises. Il lui est impossible de retourner à sa lecture.

Elle chuchote finalement à Martine :

— Je dois en avoir le cœur net.

Elles sont sur le point de partir lorsque Mathieu fait son apparition, avec Sébastien. Surprise de les voir là, Laurianne leur sourit et fait signe à Martine qu'elles retardent leur départ. Les deux garçons viennent s'asseoir à leur table. Mathieu s'installe en face d'elle. Laurianne fait mine de se pencher sur son travail, mais elle observe Mathieu à la dérobée. Il enlève son chandail et le lance sur la chaise voisine. Il pose son sac à dos et en extrait les articles scolaires dont il a besoin. Tout ce qui appartient à ce garçon semble entouré d'un halo spécial, même les objets les plus banals, son stylo, sa calculatrice, sa gomme à effacer, sa trousse à crayons.

Les quatre jeunes sont d'abord plus silencieux qu'en classe mais bientôt, ils échangent des sourires, des rires et des paquets de gommes à mâcher, malgré les regards courroucés que leur lance la fille au bout de la table.

Si près de Mathieu, la colère de Laurianne se liquéfie. Il est si... invitant. Elle a moins envie de connaître la vérité.

Le vendredi suivant, désireuse de coincer Caroline, Laurianne accompagne Martine à la répétition de la pièce de théâtre, mais la jeune fille n'y est pas. Loin de l'inciter à capituler, ce défi la stimule. Pas question de laisser son Mathieu à cette... rousse. La situation est claire maintenant : elle a une rivale.

Elle décide de retourner à la Maison Jaune, dans l'espoir de croiser Caroline qui s'y rend régulièrement.

Elle choisit ses vêtements avec soin : un chandail ajusté et court qui découvre sa nuque et ses épaules, un pantalon noir à taille basse, une veste en tweed. Elle enroule autour de son cou un foulard, rouge comme son chandail.

Elle prend son manteau et file à la Maison Jaune.

Arrivée sur les lieux, elle repère immédiatement Mathieu, Caroline, Francis, Martine et Sébastien, assis à une même table. Elle va droit vers eux et s'assoit. Elle s'efforce de sourire à Caroline vêtue d'un pull orange, flamboyant et ultracourt, et d'une jupe vert pomme, tout aussi courte. Comment faire face à cette beauté, et surtout, la faire parler ?

Les trois garçons se lèvent pour faire une partie de billard. Un téléphone cellulaire sonne. C'est celui de Caroline. Elle ouvre son sac pour le prendre. Laurianne aperçoit une feuille bleue sur le dessus.

Elle n'arrive pas à en détacher son regard. Une question s'empare de sa pensée : est-ce le poème ?

Elle s'approche précipitamment du sac et saisit la feuille. Son cœur bat à se rompre.

Caroline, qui s'était éloignée de la table pour répondre, surprend son geste et revient en vitesse.

— Tu fouilles dans mes affaires ?

— Non, ment Laurianne en rougissant. La feuille est tombée de ton sac quand tu as pris ton cellulaire. Je la remettais à sa place.

— Je ne te crois pas. Je t'ai vue.

Elles sont presque sur le point de s'arracher les cheveux lorsque Martine, qui a été témoin de la scène, intervient.

— Est-ce que c'est le poème dont tu m'as parlé la semaine passée ?

— Oui.

— Est-ce que je peux le voir ?

Caroline hésite, mais tend le papier à Martine qui le lit lentement, à voix haute.

Si vous saviez les boucles de ses cheveux
Et le printemps de son souffle
...
Si je vous disais...
Sa tête légère ancrée entre mes épaules
Si je vous disais cette enjôleuse...

— C'est vraiment un joli poème, répète Martine, cherchant à éteindre les étincelles qu'elle voit dans les yeux de Laurianne.

— Oui, c'est... un gars qui me l'a offert, répond Caroline. Je lui ai suggéré d'envoyer le poème au concours. Après tout, un poème, c'est comme une chanson.

Laurianne n'en peut plus.

— C'est moi qui ai écrit ce poème, lance-t-elle à sa rivale. Il a juste changé des adjectifs possessifs et il a mis «enjôleur» au féminin...

Caroline éclate de rire.

— Vraiment, Laurianne, tu ne sais plus quoi inventer pour te rendre intéressante. Je savais que tu avais un œil sur Mathieu, mais à ce point-là, je n'en reviens pas. Le mensonge, le vol, rien ne t'effraie, ma chère. Tu es tombée bien bas.

Laurianne n'attend pas le reste. Elle ramasse ses affaires et quitte la Maison Jaune en se promettant de ne plus jamais y remettre les pieds.

Journal du passé

Vendredi 1er octobre
Je me demande si Mathieu ne trouve pas Caroline Lemire de son goût. Cela ne me surprendrait pas, elle est absolument superbe. Une rousse pulpeuse, aux yeux de feu. En plus, elle a l'air d'une déesse quand elle fait du ski.

Dimanche 3 octobre
Papa est parti en voyage d'affaires pour trois semaines, cette fois. Il ne m'a même pas dit au revoir. Décidément, on ne peut pas compter sur les gars. Vaut mieux s'arranger toute seule !

10

MÉLI-MÉLO D'ÉMOTIONS

Trente minutes après sa dispute avec Caroline, l'autobus dépose Laurianne à quelques pas de chez elle. Jamais sa chanson n'a résonné avec autant de fureur dans sa tête. Pas question...

Pas question qu'elle souffre pour ce gars si beau, si drôle, si attirant, mais trop loin, trop absent, pour ce charmeur qui a trop de tout, qui joue sur deux tableaux à la fois et qui la trahit maintenant. Pas question qu'elle chamboule sa vie pour ce gars qui la laisse toujours sur sa faim, incapable de se brancher, d'ouvrir la bouche et le cœur et de dire « Je t'aime ». Si toutefois c'est le cas.

Elle ouvre la porte de la maison et la claque très fort dans l'espoir d'apaiser sa colère encore palpable.

Sa mère, seule dans la pénombre du salon, l'interpelle aussitôt.

— Laurie, s'il te plaît, cette porte ne t'a rien fait, pourquoi la malmènes-tu ainsi ?

Laurianne ignore la remarque et ne répond pas. Elle enlève ses bottes et dépose son sac à dos dans l'entrée.

Par la porte entrouverte de sa chambre, elle aperçoit Annie qui prépare ses bagages. Elle retourne sans doute à Joliette pour la fin de semaine.

Laurianne s'appuie quelques instants contre le chambranle de la porte, puis elle entre sans demander la permission et s'assoit en lotus sur le lit d'Olivier.

— Comment ça va ? l'interroge Annie.

— Mal.

N'en pouvant plus de garder pour elle seule cette colère secrète, elle s'ouvre à Annie.

— Je ne suis pas une voleuse. C'est elle qui m'a pris mon copain.

— Pourquoi tu ne demandes pas à Mathieu de s'expliquer au lieu de faire toutes ces pirouettes ?

— Lui, je ne veux plus jamais en entendre parler.

— Tu fais les mêmes erreurs que moi.

— Qu'est-ce que tu veux dire ?

— L'année dernière, j'habitais à Montréal, je travaillais dans une librairie pour financer mes études à l'université. J'avais un amoureux. On est sortis ensemble quelques mois. Quand je l'ai rencontré, il nageait en pleine peine d'amour. Sa blonde l'avait laissé parce qu'elle avait rencontré quelqu'un d'autre. On a d'abord été des amis, puis c'est devenu autre chose. La fille est revenue dans le décor. J'ai congédié mon amoureux.

— Tu es bien ma sœur.

— Je l'ai regretté. Pendant un an, j'ai essayé de le rayer de ma vie, mais je pensais à lui nuit et jour. J'ai même changé de ville pour l'oublier. La fin de semaine passée, je suis allée à Montréal. Je l'ai revu.

— Vous avez repris ?

— Non, je lui ai dit que je l'aimais. J'avais toujours peur de lui parler quand il était avec moi. De m'engager, je crois. De lui dire qui j'étais vraiment et ce que je ressentais.

— Et puis ?

— C'est tout, il va vivre avec son ex.

— Ça finit mal.

— Non, ça finit bien. Je me sens libre.

— Tu n'es pas triste ?

— Oui, mais soulagée aussi. J'ai envie qu'un homme m'aime pour moi, je ne veux pas être avec quelqu'un d'incertain, qui ne sait pas très bien ce qu'il veut.

Laurianne ne répond rien.

— Parle-lui, à ton Mathieu, insiste Annie.

— Je lui ai déjà parlé. Ça n'a pas donné grand-chose.

— Alors, recommence ou continue. Jusqu'à ce que tu sentes bien.

○

Sa conversation avec Annie l'a quelque peu apaisée, mais Laurianne reste aux prises avec un malaise. Elle va dans la cuisine se préparer une collation, une rôtie et un verre de lait.

— Tu as passé une bonne soirée à la Maison Jaune? lui demande sa mère qui arrive derrière elle.

— Oui... Où est papa?

— À Montréal.

— En voyage d'affaires?

Chantal hésite quelques secondes.

— Oui.

— Encore un mensonge. Tout le monde ment dans cette famille.

Sans attendre la rôtie qui est pourtant déjà prête dans le grille-pain, Laurianne se dirige vers sa chambre et claque de nouveau la porte.

Ses vêtements ne traînent plus par terre, ses papiers sont placés avec soin sur sa table de travail, il n'y a plus rien dans la poubelle.

Rangée. Propre. Trop rangée. Trop propre. Elle a l'impression qu'on lui a dérobé quelque chose. Elle fixe sa corbeille de papier dans le coin, près de l'entrée, et connaît un instant de panique. Il y manque quelque chose, un objet important : la chanson qu'elle y a jetée en boulettes, après l'avoir déchirée.

Elle revient en trombe vers la cuisine et apostrophe sa mère qui s'y trouve encore.

— Qu'est-ce que tu as fait de ma corbeille ?

— Je l'ai vidée, tout simplement.

— Quand ?

— Ce matin.

— Où est le sac ?

— Dans la cuisine ou peut-être dehors. Qu'est-ce qui se passe ?

— J'ai perdu ma chanson, crie Laurianne à sa mère, et c'est de ta faute.

— On va la retrouver, ta chanson. Calme-toi et ne me mets pas tout sur le dos.

— Tu as fouillé dans ma chambre, dit Laurianne en vidant le contenu du sac de recyclage sur le linoléum blanc de la cuisine.

— J'ai simplement mis ton pantalon qui était par terre dans ton placard et vidé la corbeille. D'ailleurs, j'ai été étonnée de voir l'état de ta chambre. C'était tellement en ordre.

Ce compliment n'arrête pas Laurianne : elle déplie chaque bout de papier qu'elle trouve. Sa chanson n'y est pas. Elle se rappelle que la feuille était verte. Elle ouvre la porte donnant sur l'extérieur pour s'emparer du bac qui dort sur la galerie. Pas de lumière. Incapable d'effectuer ses recherches dans un espace aussi sombre, elle entre le bac dans la maison et en déverse le contenu sur le plancher. À sa grande surprise, sa mère ne lui fait pas de reproches.

— Attends, je vais t'aider.

Ensemble, elles cherchent la précieuse chanson. Comme un faisceau de lumière au bout d'un tunnel, Laurianne aperçoit enfin un bout de papier vert, tout chiffonné. Les autres fragments ne sont pas très loin. Quelle idée aussi d'avoir déchiré la feuille ! Soulagée, elle serre sa création contre son cœur.

Chantal essaie d'en savoir plus.

— C'est toi qui as composé ça ?

— Oui.

— Et qu'est-ce que tu vas en faire ?

— C'est pour un concours.

— Est-ce que j'aurai le plaisir de l'entendre, cette chanson ? demande sa mère.

— Je ne sais pas. Je n'ai pas beaucoup de temps. Je dois la transcrire. La date limite est le 1er février.

— Si tu veux, je peux la copier pour toi.

— Non, c'est MA chanson, pas la tienne. De toute façon, je ne suis pas encore sûre que je vais l'envoyer.

— Comment? Après tout ce que tu as fait? S'il y a une chose dont tu devrais être sûre, c'est bien de celle-là.

Pendant que sa fille, attablée au comptoir de la cuisine, dévore finalement sa rôtie tartinée de beurre d'arachides, Chantal se prépare un verre de lait et des biscuits. Annie vient les saluer. Elle part pour Joliette. Lorsque la porte se referme sur la fille de son mari, Chantal exprime un certain soulagement.

— Ça fait du bien de se retrouver entre nous.

— Mais papa n'est pas là, lui.

Pas de réponse. Laurianne observe sa mère du coin de l'œil. Cette dernière, face à l'évier, lui tourne le dos et reste immobile, son verre à la main. Intriguée, Laurianne se lève et s'approche d'elle. Des larmes coulent sur le visage de sa mère.

— Tu pleures?

— Non, j'ai un rhume.

— Tu n'en avais pas il y a deux minutes... Pourquoi tu ne me dis jamais la vérité? Tu ne me fais pas confiance?

Chantal lève les yeux vers sa fille.

— Toi non plus, tu ne me fais pas confiance. Tu es rentrée en colère et tu ne m'as pas dit pourquoi. Tu avais écrit une chanson et je n'en savais rien. Je ne sais même pas si tu sors avec Mathieu ou non...

— C'est parce que tu ne serais pas d'accord. Je sais déjà d'avance tout ce que tu penses. J'aime mieux ne pas t'en parler.

— Avant, tu me disais tout.

— Avant, j'étais une petite fille.

— Tu as raison. Tu n'es plus une petite fille.

— Pour papa, je suis au courant de tout...

Elle raconte à sa mère les propos d'Olivier et les filatures en auto, les AA.

— Quoi ? Même Annie est au courant de... cette affaire ? l'interrompt Chantal. J'aurais préféré qu'elle reste en dehors de cela. De toute façon, ton père ne boit pas... enfin, pas vraiment.

— Maman, tu crois tes histoires, vraiment ? En tout cas, moi, j'en ai assez... Pourquoi tous ces secrets ?

— Pour te protéger. Si Olivier était ici...

— Olivier est parti. Je suis là, moi.

— Pardonne-moi. Je m'habitue mal à son absence. Et puis, son départ a coïncidé avec la mort de ta grand-mère. Ton père a...

mal réagi, et Annie qui est dans le décor...
C'est une période difficile.

— Est-ce que vous allez vous séparer ?

— Je ne sais pas. Non, je ne pense pas.
Disons que les choses ne se passent pas
comme je le voudrais.

Laurianne freine la question qui se pose
au bout de ses lèvres. Des sanglots se forment dans sa poitrine. Des sanglots qu'elle
retient, ne voulant ni peiner ni inquiéter sa
mère davantage. Mais celle-ci devine quelque chose.

— Qu'est-ce que tu as, ma belle chouctte ?
Qu'est-ce que tu n'oses pas me dire ?

— Qu'est-ce que je vais devenir, moi, si
tout le monde s'en va ? murmure-t-elle, les
mots et les sanglots s'échappant de sa
bouche avant qu'elle n'ait pu les endiguer.

Chantal prend sa fille dans ses bras,
repousse une mèche de ses cheveux et
essuie ses larmes.

— Jamais je ne te laisserai. Tu n'as pas à
t'en faire. Tout ça, c'est entre ton père et moi.

— Pourquoi j'ai un père comme ça ?
Qu'est-ce que j'ai fait de pas correct pour
que ça m'arrive ?

— Tu n'y es pour rien. Ton père t'aime
beaucoup, mais... c'est un homme souf-
frant... Si tu savais comme je l'aime.

Laurianne regarde Chantal d'un œil différent. Jamais elle n'avait considéré le fait que sa mère puisse souffrir du comportement de son mari, être indisposée par la présence d'Annie. En fait, jamais elle n'avait pensé que sa mère puisse être autre chose qu'une mère. Or, elle se rend compte, soudain, que Chantal est amoureuse de son père, comme elle-même l'est de Mathieu. À son tour de vouloir la consoler, mais elle ignore comment s'y prendre et renonce à aller plus loin.

Laurianne n'est pas prête non plus à aborder le sujet « Mathieu ». Elle devine ce que sa mère lui dirait : de le jeter à la poubelle, lui aussi. Ou au recyclage. Et elle aurait sans doute raison, après ce qui s'est passé ce soir. Elle n'a pas envie de lui donner raison. De faire avec Mathieu ce que Chantal refuse de faire avec Christophe.

Elle ne veut plus que sa mère lui dicte sa conduite.

Elle ne veut pas qu'elle souffre non plus.

Laurianne lui propose d'aller louer un film et de le regarder avec elle, même s'il est tard.

— Et ta chanson ? s'informe Chantal.

— Je m'en occuperai après. Ou demain matin.

Chantal insiste auprès de sa fille pour l'accompagner. Elles partent ensemble dans le froid glacial de janvier et marchent jusqu'au club vidéo où elles louent *Le dîner de cons*. Sûres de se régaler de rires, elles s'installent, collées l'une contre l'autre, sur le canapé du salon et oublient, le temps du film, les Mathieu, Christophe, Annie et Olivier de leur vie.

Dès le lendemain matin, Laurianne transcrit sa chanson. Il lui faut agir vite, et surtout, éviter de trop réfléchir. Elle risque de changer d'idée encore une fois et de renvoyer son texte à la corbeille. Elle s'empresse ensuite d'aller au comptoir postal pour s'assurer que la date du 29 janvier apparaît bien sur son enveloppe.

La conversation de la veille avec sa mère résonne encore dans sa tête.

Elle aimerait lui faire plaisir, alléger sa peine. Elle cherche une idée originale susceptible de lui plaire. Elle voudrait aussi trouver le chemin du cœur de son père...

Laurianne soupire. Quel méli-mélo d'émotions, de souhaits! Toutes ces conversations qu'il faudrait avoir, ces face-à-face qui ne lui sourient guère. Que tout cela est compliqué.

Besoin de faire le point, de mettre de l'ordre dans son cœur comme elle l'a fait dans sa chambre, même si elle déteste cela.

Elle s'empare d'un bout de papier qui traîne sur sa table de travail et, pour tenter de clarifier un peu ce qui se passe en elle, elle esquisse un plan.

1- *Organiser un souper familial, le pré-parer moi-même, inviter mon frère et peut-être même Sylviane... Qui sait? Ça pourrait peut-être sauver ma famille de la désintégration.*

2- *Parler à papa. Trop difficile.*

3- *Tout raconter à Olivier. Trop de se-crets... ou trop secrète... Je ne lui ai pas tout dit à Noël, ni à Montréal. Je ne lui ai pas raconté ma visite à Mathieu au lac Turquoise, l'été dernier. Pas parlé de cette fille avec qui il faisait équipe quo-tidiennement. Cette Adèle, une sorte de Caroline de l'été. Même pas parlé de Caroline. Déjà, à ce moment-là, il fai-sait preuve d'indécision. Ou de peu de sentiments à mon endroit...*

Son bout de papier est rempli. Elle en trouve un autre et poursuit son plan.

4- *Écrire à Mathieu? Pour lui dire quoi? Que j'ai tout fait pour m'adapter à sa personnalité? Que j'étais même prête à m'effacer pour le satisfaire? Ce n'est pas une très bonne idée...*

5- *Parler à Caroline? Pas envie. J'aimerais avoir ce courage.*

6- *Parler à Mathieu? Comment?*

7- *Jeter Mathieu à la poubelle? C'est ce que je devrais faire.*

Est-ce cela, l'amour?

Non, ce n'est pas possible. Ce n'est plus possible.

Journal du passé

Vendredi 26 novembre
Impossible de s'y tromper. Mathieu recommence son petit jeu. Quand ce n'est pas avec une Adèle, c'est avec une Caroline.
Avec lui, je ne suis jamais sûre de moi. J'ai toujours l'impression que je reçois seulement des miettes de son attention.

Lundi 29 novembre
Caroline est bel et bien dans le décor. Elle revient à la charge. Ce grand bébé de Mathieu ne sait pas ce qu'il veut. Je suis furieuse. Il hésite entre elle et moi.

11

UNE PLACE POUR CHACUN

Étendue sur son lit, Laurianne rêvasse et réfléchit à son journal. Elle a commencé à le rédiger pour parler de Mathieu et chaque page lui renvoie son image.

Bien d'autres événements se sont produits au cours de l'année : il en est rarement question. Pourtant, elle est allée aux funérailles de sa grand-mère. Elle a entendu ses parents se disputer, elle a entendu sa mère menacer son père de le quitter, mais elle n'a pas cherché à savoir ce qui s'était passé.

Mathieu avait envahi son univers.

Même sa chanson tourne autour de LUI.

Y a-t-il donc un espace où il ne serait pas question de ce type-là ? Le jeter hors de ses poèmes, de ses chansons, de son journal. Reprendre possession de son royaume.

Comment évincer quelqu'un de son territoire quand on souhaite en même temps être toujours avec lui ?

Laurianne retourne à sa table de travail et copie le contenu de ses bouts de papier dans son journal. Même si elle n'a pas les réponses, elle y dépose ses questions comme dans le secret d'un temple.

« Prendre ma place. Et je la veux joyeuse, cette place, débordante de couleurs, de musique. »

Elle ouvre l'ordinateur et écrit en gros caractères sur l'écran :

Cap sur la couleur

Puis, elle envoie un message à son frère.

Cher Oli,
Invitation à souper samedi prochain. Avec Sylviane, si tu veux. C'est moi qui ferai la bouffe. Ce sera un souper en couleurs. Je compte sur toi absolument. Sur vous deux, devrais-je dire. Annie sera là aussi. Du moins, j'ai l'intention de l'inviter. Je suis prête à te laisser ma chambre, si tu veux. Moi aussi, j'inviterai un garçon à souper. Ce ne sera pas Mathieu.
Laurianne

Samedi matin. Il y a maintenant une semaine que Laurianne a envoyé sa chanson au concours. Les résultats seront dévoilés le 13 février et, bien qu'elle soit impatiente de les connaître, elle se tient occupée afin de ne pas trop y penser.

Heureusement, l'harmonie donne plusieurs concerts ces temps-ci. Répétition ce matin pour préparer celui du lendemain après-midi. Dans la salle, Laurianne repère tout de suite Mathieu, mais évite de le regarder ouvertement.

Michel insiste, comme d'habitude, sur l'unité de l'harmonie.

— Personne ne doit voler la vedette. C'est tentant de faire son petit numéro, mais la musique en souffre.

Ce boniment fait sourire Laurianne. Voler la vedette, c'est exactement ce qu'elle reproche à Mathieu. Lui donner la vedette : ce qu'elle se reproche à elle-même.

— Regardez-moi, c'est moi qui dirige. Ce n'est pas votre voisin... ni votre voisine, messieurs.

Aujourd'hui, Laurianne multiplie les fausses notes et elle a peine à entrer dans la musique, à s'ajuster aux gestes et aux demandes de Michel.

— Que se passe-t-il, Laurianne ? s'informe ce dernier au moment de la pause. Tu as passé la nuit sur la corde à linge ?

Quelques musiciens entendent son commentaire. Mathieu rigole derrière elle.

— Peut-être que j'aurais besoin d'un chef d'orchestre dans ma vie, répond-elle en essayant de faire une blague, même si elle n'a pas le cœur à rire.

— C'est une mauvaise journée, c'est tout. Demain, tout ira mieux, enfin, je l'espère. Sinon, notre concert est à l'eau.

— Je ne suis pas si importante, quand même.

— Chaque musicien est important. D'ailleurs, je remarque que tu as pris de l'assurance, tu joues avec plus de fermeté que l'an dernier.

Devant cette reconnaissance de ses progrès, Laurianne reste bouche bée et rougit. Michel continue :

— Et ton sens de la musique s'affine.

— Merci, Michel, merci, merci.

Forte des encouragements du chef d'orchestre, Laurianne s'approche de Mathieu.

— J'ai à te parler. Une minute seulement. Ce ne sera pas long. Tiens, allons près de la grosse caisse. Nous serons plus tranquilles.

Intrigué par cette demande, Mathieu la suit. Laurianne ne lui laisse pas le temps de poser de questions.

— Ce n'est pas correct ce que tu as fait.

— De quoi tu parles ?

— Tu as donné mon poème à Caroline.

— Tu me l'avais offert.

— Oui, à toi, pas à une autre fille.

— Et puis, comment tu le sais ?

— Je le sais, c'est tout. Est-ce que tu l'as envoyé au concours de chansons ?

Mathieu se balance sur ses pieds comme s'il voulait courir à l'autre bout de la salle de répétition.

— Ben... oui, tu m'avais dit qu'il était à moi.

— C'est bien ce que je pensais... Je ne veux plus jamais te revoir, Mathieu Bélisle.

— Et toi, tu as fouillé dans son sac, réplique Mathieu. Ce n'était pas mieux.

— C'est vrai. J'aurais dû avoir le courage de te parler en face au lieu d'utiliser un subterfuge. Tu peux la garder, ta Caroline, si tu l'aimes tant. Moi, je ne suis plus dans la course.

— Je ne sors pas avec elle.

— Ça ne fait rien. Tu joues sur les deux tableaux. Tu me laisses en attente pendant que tu t'amuses avec elle. Tu lui as offert mon poème. Ça, c'était sacré.

Laurianne reprend sa place dans l'orchestre. Pas de fausses notes après cette tirade.

À la maison, Laurianne prépare le souper qu'elle offre ce soir à sa famille. Au menu : soupe aux poivrons rouges ; omelette, pour le jaune ; carottes, petits pois et laitue, pour l'orangé et le vert ; et tarte au fromage et aux cerises.

Une phrase de son journal lui reste en mémoire : *Il y a sûrement quelque chose qui cloche en moi.*

Jamais adéquate. Jamais à la hauteur de Mathieu.

Pourquoi toujours s'évaluer, comme le pire des professeurs ? Pour embellir son image à lui ?

Elle repousse ces sombres pensées qui la ramènent toujours du côté de Mathieu. Quitter Mathieu, pas seulement en paroles. Le déloger de sa tête, de sa peau.

— Cap sur la couleur, se répète-t-elle à plusieurs reprises.

Elle a invité Sébastien, mais il ne pouvait pas venir. Ce n'est pas parce que quelque chose cloche en elle.

Annie avait un engagement, mais elle va essayer de se libérer et viendra un peu plus tard.

Qu'à cela ne tienne. Ce repas sera sous le signe de la bonne humeur, elle se le promet.

Olivier est arrivé ce matin. Lorsqu'ils en sont au dessert, il prend la parole pour annoncer à toute la famille qu'il ira vivre, dès avril, avec sa copine.

— J'emménage dans son appartement, qui est plus grand que le mien.

Laurianne ne s'attendait pas à cette décision. Pas si rapidement. Elle observe sa mère du coin de l'œil et voit bien que cette nouvelle lui fait autant d'effet qu'à elle-même. Cela signifie qu'Olivier est parti pour de bon. Il ne reviendra pas à Trois-Rivières, après ses études, comme elles l'espéraient toutes les deux secrètement.

— Quand j'avais treize ans, poursuit Olivier, j'avais hâte de quitter cette maison. Aujourd'hui, je vole de mes propres ailes, mais vous me manquez. Je n'y comprends rien.

C'est le moment que choisit Annie pour faire son entrée. Elle arrive de Joliette.

— Bonjour, tout le monde. Excusez mon retard. Laurie, il y a quelqu'un pour toi sur la galerie.

— Qui ?

— Un certain Mathieu Bélisle.

Laurianne rougit et, malgré la colère qu'elle a déversée sur son ami un peu plus tôt, un drôle de papillon s'agite dans sa poitrine.

— Olivier, attends-moi avant de continuer.

— J'ai presque fini, répond-il.

Laissant son frère en plan, Laurianne
sort de table pour aller à la rencontre de son
copain. C'est un Mathieu nerveux et mal à
l'aise qui fait les cent pas dehors.

— Je dois te parler, lui annonce-t-il de
but en blanc.

— On n'a plus rien à se dire, réplique
Laurianne sèchement, en dépit de sa voix
qui tremble et de ses mains moites. Et puis,
je suis en train de souper. Mon frère et sa
blonde sont ici.

— S'il te plaît, insiste Mathieu, en l'im-
plorant des yeux. J'ai vraiment besoin de te
parler.

Laurianne le fait entrer dans la maison.
Sa mère vient au-devant d'eux et, voulant
montrer sa bonne volonté à sa fille, invite
Mathieu à se joindre à eux pour le dessert.

— C'est Laurianne qui l'a fait, précise
Chantal.

Mathieu interroge Laurianne du regard
et celle-ci finit par céder, mi-contrariée mi-
heureuse.

Mathieu s'assoit près de Laurianne.
Cette dernière est en feu et ses bonnes réso-
lutions sont chancelantes.

— Continue, Oli, l'encourage sa sœur.

Olivier reprend la parole, un peu plus timidement, compte tenu de la présence d'Annie et de l'invité-surprise.

— Papa, maman, merci pour tout ce que vous avez fait pour moi. C'était pas mal puisque je suis rendu à bon port. Vous n'avez pas pu tout me donner... mais je m'occupe de combler les vides... Merci à toi, Laurie. Je suis content que tu sois ma sœur. C'est un peu grâce à toi que je fais cela ce soir.

Tout le monde a les yeux dans l'eau. Sauf Annie, qui se demande bien ce que son père a fait pour elle. Elle se lève doucement et quitte la table. Un silence pesant plane sur la famille.

Laurianne se sent soudain responsable de tous et chacun et elle ne sait plus où donner de la tête. À sa mère, émue par les paroles d'Olivier et mal à l'aise à cause de sa belle-fille ? À son père, silencieux, qui semble ignorer la peine de sa fille aînée ? À Annie ? À Olivier ? À Sylviane ? Elle ne peut pas s'occuper de tout ce monde. Chacun devra prendre soin de lui-même.

Elle invite Mathieu à la suivre dans sa chambre. Elle lui propose de s'asseoir sur le tabouret, mais il préfère rester debout. Il inspecte les lieux d'un regard lent, comme s'il n'y était jamais venu.

— C'est joli, ici, Laurie.

Il l'appelle par son diminutif et la fait fondre. Mais elle se ressaisit.

— Rose bonbon, ma couleur de petite fille. Mon père va repeindre l'été prochain.

Elle n'en a pas encore parlé à celui qui devra accomplir cette tâche, mais peu importe.

—Qu'est-ce que tu veux me dire, Mathieu ?

Celui-ci s'approche d'elle.

— Je tiens à toi. Je ne veux pas te perdre.

— Ça ne paraît pas. Depuis que je te connais, tu passes ton temps à me laisser tomber. Il y a toujours une fille qui t'intéresse. Je n'ai plus envie de cela.

— Toi aussi, tu m'as laissé tomber...

— Oui et j'ai bien fait. J'aurais dû m'en tenir à cette décision. Ça ne peut pas marcher nous deux, Mathieu. Quand, moi, je me laisse aller à t'aimer, c'est toi qui me joues des tours. Tu me fais mal chaque fois. Je ne veux plus avoir mal à cause de toi. Toi, tu te mets à m'aimer quand je m'éloigne de toi.

Mathieu prend sa main et la tient serrée contre lui.

— Je ne te comprends pas, Mathieu, reprend Laurianne. Je... tiens à toi, moi aussi. Peut-être même que je t'aime... mais c'est trop compliqué avec toi.

Laurianne vient d'avouer ses sentiments à Mathieu. Ce n'est pas ainsi qu'elle avait imaginé ce moment. Elle espérait quelque chose de plus romantique, avec de la musique, des bougies, de la couleur.

— Laurie, je regrette pour le poème. Je vais me désister du concours. Je vais appeler au journal dès lundi matin. Et je ne verrai plus Caroline. Je te le promets.

Il l'attire encore plus près de lui. Là où elle aime tant se tenir. Elle a tellement envie de le croire, de se laisser chavirer dans ses bras.

Mais elle résiste, retire sa main de la sienne et s'éloigne de lui.

— Il est trop tard, Mathieu. J'ai perdu confiance en toi.

— Tu es très dure, Laurianne. Je ne pensais pas que tu pouvais être si dure. Tu cherches un gars parfait. Je vois bien que ce n'est pas moi.

Mathieu s'en va et laisse une Laurianne tremblante dans son royaume rose.

Journal du passé

Lundi 6 décembre
J'ai rompu avec Mathieu. Je lui ai dit de choisir entre Caroline et moi. Il ne répondait rien et

alors je lui ai dit : « Moi, je pars. » Et j'ai claqué la porte avec vigueur. Comme au théâtre.

Mercredi 8 décembre
Petit accrochage entre ma mère et moi. C'est après cela que j'ai pleuré toutes les larmes de mon corps, comme si la dispute avait fait céder un barrage.

Jeudi 9 décembre
Ma mère a deviné quelque chose. Pourtant, j'ai tout fait pour lui cacher mon histoire avec Mathieu. Il est rarement venu à la maison.
Elle me répète que je suis bien trop jeune pour avoir un ami de cœur. Comme s'il y avait un âge pour aimer.

12

UN TÉMOIGNAGE

Le lendemain matin, dimanche, Laurianne est debout dès 8 h 30. La veille, elle a trouvé un message de son père sur sa table de travail, l'invitant à assister à une réunion des AA dans le vieux Trois-Rivières. Annie en avait eu un semblable.

Elle frappe doucement à la porte de la chambre d'Annie et l'entrouvre. Sa demi-sœur n'est pas encore levée.

— Viens-tu à la réunion? lui demande Laurianne. On est en retard. Il faudrait partir vers 9 h.

— Non, répond Annie en s'étirant.

— Alors, qu'est-ce que je vais faire moi? Il est trop tard pour que j'y aille en autobus. Tu ne viendrais pas au moins me reconduire?

— D'accord. Je viens avec toi.

Annie se lève pour accompagner Laurianne. Les deux filles font leur toilette en vitesse, s'habillent et attrapent un muffin dans le frigo. Elles sortent de la maison le plus silencieusement possible pour ne pas réveiller Chantal, Olivier et Sylviane. Christophe est sans doute déjà parti puisque la voiture n'est plus dans l'entrée.

Elles se garent devant la maison grise où Laurianne avait fait le guet avec Mathieu. Elles entrent sans frapper. La rencontre, qui est déjà commencée, se déroule dans une grande cuisine. Chantal, Olivier et Sylviane, qu'elles croyaient bien endormis à la maison, sont aussi dans la pièce.

Quelques personnes défilent en avant. Bientôt, l'animateur présente la personne qui viendra témoigner. C'est un homme qui a beaucoup de courage, affirme-t-il. Christophe Lefrançois se présente en avant et prend le micro.

— Je m'appelle Christophe et je suis alcoolique, dit-il.

Laurianne cherche la main froide d'Annie. Elle a besoin de soutien pour entendre ces mots qui lui semblent terrifiants. Des larmes qu'elle ne peut retenir mouillent ses yeux et elle s'affaire à trouver dans son sac un papier-mouchoir.

— Je suis un grand comédien, poursuit son père, car j'ai réussi à dissimuler mes problèmes d'alcool à ma fille cadette qui a maintenant quinze ans. Je buvais rarement à la maison.

Il y a quelques années, j'étais entré dans les AA, mais je n'avais pas persévéré...

Je suis propriétaire d'un commerce. Parfois, je partais pour dîner vers 11 h 30 et je revenais vers 17 h. Un jour, j'ai donné congé pour quelques jours à un de mes employés. J'ai été bien étonné de l'apprendre le lendemain matin. Ma première femme m'avait laissé tomber à cause de ce problème. Cette séparation m'avait tellement secoué que je m'étais promis d'arrêter de boire. Et j'ai vraiment essayé, mais malgré mes efforts, je n'ai pas pu résister... à la bouteille. Je me cachais et je cachais mes bouteilles un peu partout. Au cours de l'été, j'ai eu certains problèmes dans mon commerce et ma mère est décédée. En septembre, mon fils est parti vivre dans une autre ville. J'ai vécu beaucoup d'émotions et bien du stress.

À la fin août, j'ai quitté la maison. Je me suis enfermé dans un motel et j'ai bu pendant quatre jours. Le propriétaire du motel a téléphoné à ma femme pour qu'elle vienne me chercher.

Elle aussi a menacé de me quitter. Pour la deuxième fois, je vivais cette menace. C'est à ce moment que j'ai accepté d'aller dans une maison de thérapie pendant trois semaines. Là-bas, on m'a encouragé à me joindre aux AA. C'est ce que j'ai fait. J'ai compris que je ne pouvais pas m'en sortir seul. J'ai besoin de vous pour m'aider à garder le cap. Mais c'est difficile pour moi. Je préférerais m'arranger tout seul. Il y a environ trois mois que je ne consomme plus. C'est bien peu et pourtant, c'est beaucoup pour moi... J'espère que les efforts que j'ai faits dans le passé pour maintenir ma sobriété ne sont pas perdus. Ma confiance renaît. Confiance, c'est un nouveau mot dans mon vocabulaire.

J'ai maintenant un parrain et je l'appelle lorsque j'ai la tentation de boire, ce qui se produit souvent, presque tous les jours.

J'ai bien des amendes honorables à faire. Particulièrement à ma fille aînée, celle que j'ai eue de mon premier mariage, que j'ai presque abandonnée. Il faut dire que sa mère n'était pas très enthousiaste à l'idée que je m'en occupe, et maintenant, je peux la comprendre, mais je n'ai fait aucun effort pour garder le contact avec elle. Et je la connais à peine. Pas plus que mes deux autres enfants d'ailleurs, car je me connais à peine moi-même. J'ai du pain sur la planche.

Laurianne serre la main d'Annie qui a besoin d'un papier-mouchoir elle aussi.

Elle ne se sauve pas tout de suite après la rencontre cette fois. Elle attend son père. Elle ignore ce qu'elle lui dira, mais elle tient à le voir. Pour l'instant, il est entouré de bien des gens qui l'embrassent, lui serrent la main, le remercient.

Lorsqu'il est enfin libre, Laurianne s'approche à son tour.

— Pourquoi tu ne m'as jamais dit cela? lui demande-t-elle.

— Tu étais trop jeune et puis, ce n'est pas facile à dire, j'avais tellement honte. Même à moi, je ne l'avais jamais dit.

Son père est tout rouge et elle remarque soudain sa nervosité, sa timidité.

— Je pense que je suis comme toi...

— Ça te dérange?

Laurianne acquiesce d'un signe de la tête.

— Pardonne-moi, ajoute-t-elle après un silence, mais je ne veux pas être comme toi... fermé... seul, perdu à l'intérieur avec plein d'émotions en dedans...

— Tu es différente. Les émotions, tu les exprimes, tu les pleures, tu les chantes... Ne t'en fais pas. Tu as des forces. Moi aussi, j'en ai... Concentre-toi sur tes forces.

Laurianne cède la place à Annie, qui se tient debout derrière elle. Elle reste là quelques minutes à observer son père et son autre fille échanger quelques mots. Elle n'a pas envie de s'enfuir. Elle n'a pas peur. Il n'y a ni colère ni envie en elle.

Elle sait jusqu'au plus profond d'elle-même que son père l'aime. Ce bref et pourtant si magique contact lui a donné des ailes qui la mèneront elle ne sait trop où, mais là où elle ne sera ni trop près ni trop loin.

C'est aujourd'hui, la veille de la Saint-Valentin, qu'a lieu la remise des prix aux gagnants du concours de chansons. On a invité l'harmonie à ouvrir et à clôturer la cérémonie. Dans la vaste salle, un grand nombre de jeunes sont rassemblés pour y assister.

L'harmonie exécute une pièce de son répertoire et les membres se dispersent ensuite dans la salle. L'animateur est un chanteur populaire bien connu des jeunes. Grâce à ses talents, il retarde un peu le moment où le nom des gagnants sera dévoilé. Il fait des blagues et fait même chanter l'assistance.

Laurianne s'est d'abord assise au fond de la salle, mais Martine l'a prise par la main et a trouvé deux places au centre.

— Tu dois être près de la scène pour aller chercher ton prix.

— Voyons, Martine, tu sais bien que je ne gagnerai pas.

— Et pourquoi tu ne gagnerais pas ? Tu as autant de chances que les autres. Ta chanson est superbe. Pourquoi quelqu'un d'autre n'aurait-il pas la même opinion que moi ?

— Ça me fait du bien d'entendre cela, chuchote Laurianne à l'oreille de son amie, mais je ne veux pas me faire d'illusions, tu comprends ?

— Oui, je comprends. Mais ta chanson, ce n'est pas une illusion, c'est une réalité. C'est normal d'avoir envie de gagner.

Après quelques autres *steppettes*, l'animateur en vient au but de la cérémonie.

— Avant de nommer les trois gagnants, nous allons commencer par accorder une mention spéciale. Un texte, hors concours, a retenu l'attention du jury, sans pour autant remporter de prix : *Si vous saviez*, de Mathieu Bélisle.

Laurianne bondit sur son siège. Le menteur, pense-t-elle. Il lui avait pourtant dit qu'il se désisterait. Elle voit Mathieu s'avancer vers la scène et elle s'accroche à ses accoudoirs pour ne pas courir derrière lui ou quitter la salle.

— Tu vois bien que tu as du talent, glisse Martine dans son oreille.

— Ce n'est pas le moment de faire des blagues, répond Laurianne.

— Ce n'est pas une blague.

Sur la scène, Mathieu emprunte le micro de l'animateur et fait cesser les applaudissements d'un mouvement de la main.

— J'aimerais remercier le jury pour cette mention spéciale, mais malheureusement, je ne peux l'accepter.

Surprise dans la salle. L'animateur piétine autour de Mathieu pour reprendre le micro. Il poursuit :

— Je ne suis pas l'auteur de ce... de cette chanson...

Cette fois, l'animateur s'empare du micro.

— Quel comédien que ce Mathieu Bélisle. Non seulement il écrit de beaux textes, mais en plus, il fait de bonnes blagues.

Le public rit. Tout le monde se détend. Mathieu hésite quelques secondes, puis récupère le micro.

— C'est vrai, j'ai voulu faire une blague, mais ce n'est pas celle que vous pensez. J'ai envoyé ce texte pour... une amie, sans qu'elle le sache. Celle qui a écrit les paroles de cette chanson est Laurianne Lefrançois.

L'animateur saisit le micro, hésite encore à croire Mathieu.

— Attends, Mathieu, tu ne t'en tireras pas comme cela. Tu vas nous lire le texte.

Il lui tend le feuillet sur lequel se trouve la chanson. Mathieu, lentement, commence la lecture.

Si vous saviez...
Si vous saviez cette enjôleuse

Il n'avait pas remis les mots au masculin comme Laurianne les avait écrits. Et de sa chaise, elle a maintenant l'impression qu'ils lui sont adressés, même si elle en est l'auteure. Il faut dire que Mathieu y met toute son âme.

Sur l'invitation de l'animateur, à la fin de la lecture, elle monte sur la scène pour recevoir sa mention spéciale. Elle s'apprête à redescendre lorsqu'il l'arrête.

— Ne pars pas trop vite, Laurianne. Mathieu, tu vas ouvrir l'enveloppe dans laquelle se trouve le nom du gagnant d'un autre prix, le troisième.

Mathieu, qui prend toujours plaisir à être sur une scène, ne se fait pas prier. Il retire le papier et le lit à voix haute.

— Le troisième prix est accordé à Laurianne Lefrançois pour sa chanson *Pas question !*

Abasourdie, Laurianne reçoit un chèque de vingt-cinq dollars des mains de l'animateur. Encore incrédule, elle sourit timidement à Mathieu.

Heureusement, l'animateur reprend le micro et invite les deux autres gagnants à monter sur scène.

Laurianne a peine à jouer *Le beau Danube bleu* qui clôture la fin de l'événement. Elle est encore sous l'effet de la surprise. De toutes les surprises.

Dans le ton de la voix de Mathieu, dans l'effort qu'il a fait pour lui rendre ce qui lui appartenait, elle a entendu les sentiments qu'il éprouve envers elle.

À la fin du spectacle, Laurianne rassemble ses choses et se dirige vers la sortie. Elle aperçoit Caroline en conversation avec Mathieu. Ses gestes sont saccadés et sa bouche est pincée par la colère. En voyant Laurianne, Caroline lui lance un regard furibond et quitte les lieux d'un pas rapide.

Mathieu s'approche de Laurianne et l'invite à l'accompagner au port.

— Tu sais, lui dit-il, j'ai vraiment téléphoné au journal, mais ils m'ont dit que c'était trop tard.

— Ça ne fait rien, répond Laurianne.

— Tu n'es plus fâchée ? lui demande Mathieu.

— Non, plus maintenant.

— Je me suis suffisamment racheté ?

— Oui.

Ils rient tous les deux et courent sur la rive en regardant le grand fleuve. Le fleuve où Laurianne aurait voulu jeter ses poèmes et son journal il n'y a pas si longtemps, dans une autre vie, lui semble-t-il.

Elle ne sait plus très bien si c'est Mathieu qui a pris sa main ou si c'est elle qui s'est emparée de la sienne, mais cela n'a plus d'importance.

ÉPILOGUE

Nouveau journal

21 mars
C'est le printemps. La journée est douce même s'il reste encore de la neige et quelques tempêtes à venir.

Je commence un autre cahier et un nouveau journal. J'ai jeté à la poubelle le journal du passé. Je devrais intituler celui-ci le journal du présent, le journal des couleurs de la vie ou celui de l'amour retrouvé, enfin, je ne sais trop, mais un titre neuf.

J'ai choisi, pour la couverture de ce cahier, une image printanière, un pommier en fleurs.

Mathieu et moi : notre relation se poursuit, mais quelque chose a changé en moi. Je ne suis plus la même et je pense que ça va paraître dans notre couple. Il y aura peut-être d'autres rebondissements. Je ne suis plus aussi sûre qu'avec lui, ce sera pour toujours... Chose certaine, il n'y a pas que lui dans ma vie. Il y a ma famille, mes amis et... moi.

Je ne sais pas où cela nous mènera, mais je fais des apprentissages. C'est ce qui importe maintenant puisque, après tout, je suis encore à l'école.

J'ai placé sur ma table de travail une tasse noire et une soucoupe blanche pour me rappeler les couleurs d'Olivier (c'est une suggestion de Martine) et intégrer ici un peu de lui. Sur la tasse sont peints en gris deux yeux comiques, un nez, une bouche. J'ai ainsi l'impression qu'Olivier est encore un peu avec moi et que nous rigolons ensemble.

Mon père et moi, on a peint un arc-en-ciel sur toute la largeur d'un mur de ma chambre, face à mon lit. Le soir, lorsque je me couche, je m'endors avec ces couleurs devant moi.

Je pensais que papa était un homme qui n'avait pas de mots. Il en avait, mais il les cachait... dans ses bouteilles peut-être. En tout cas, il les gardait pour lui. Maintenant, il s'ouvre quelquefois.

On a parlé un peu, lui et moi, pas beaucoup, mais plus que d'habitude.

« À l'école de la vie, m'a-t-il dit, on fait des erreurs. Et rien, ni personne, n'est parfait. On apprend tout le temps et la note est variable. On fait des choix. Et on ne sait pas d'avance si ce sont les bons. Mais on peut toujours se reprendre. On fait des chutes et des rechutes, mais on se relève et on continue. »

Je veux imprimer ces paroles dans ma tête et dans mon cœur. Ce sont de nouvelles couleurs dans mon journal.

« Mets ta main dans la grande main de la vie »,
m'a aussi dit mon père.

TABLE DES MATIÈRES

1. Un mardi noir 9
2. En route vers la couleur 18
3. Un peu de lumière 26
4. Double poursuite 35
5. La naissance d'une chanson 48
6. La fête 60
7. Trahisons 70
8. Destination vérité 83
9. Une révélation-choc 92
10. Méli-mélo d'émotions 99
11. Une place pour chacun 112
12. Un témoignage 124
Épilogue 135

Les titres de la collection Atout

1. *L'Or de la felouque***
   Yves Thériault

2. *Les Initiés de la
   Pointe-aux-Cageux***
   Paul de Grosbois

3. *Ookpik***
   Louise-Michelle Sauriol

4. *Le Secret de La Bouline**
   Marie-Andrée Dufresne

5. *Alcali***
   Jo Bannatyne-Cugnet

6. *Adieu, bandits !**
   Suzanne Sterzi

7. *Une photo dans
   la valise**
   Josée Ouimet

8. *Un taxi pour Taxco***
   Claire Saint-Onge

9. *Le Chatouille-Cœur**
   Claudie Stanké

10. *L'Exil de Thourème***
    Jean-Michel Lienhardt

11. *Bon anniversaire, Ben !**
    Jean Little

12. *Lygaya**
    Andrée-Paule Mignot

13. *Les Parallèles célestes***
    Denis Côté

14. *Le Moulin de
    La Malemort**
    Marie-Andrée Dufresne

15. *Lygaya à Québec**
    Andrée-Paule Mignot

16. *Le Tunnel***
    Claire Daignault

17. *L'Assassin impossible**
    Laurent Chabin

18. *Secrets de guerre***
    Jean-Michel Lienhardt

19. *Que le diable
    l'emporte !***
    Contes réunis par
    Charlotte Guérette

20. *Piège à conviction***
    Laurent Chabin

21. *La Ligne de trappe***
    Michel Noël

22. *Le Moussaillon de la
    Grande-Hermine**
    Josée Ouimet

23/23. *Joyeux Noël, Anna**
    Jean Little

24. *Sang d'encre***
    Laurent Chabin

25/25. *Fausse identité***
    Norah McClintock

26. *Bonne Année,
    Grand Nez**
    Karmen Prud'homme

27/28. *Journal
    d'un bon à rien***
    Michel Noël

29. *Zone d'ombre***
    Laurent Chabin

30. *Alexis d'Haïti***
    Marie-Célie Agnant

31. *Jordan apprenti
    chevalier**
    Maryse Rouy

32. *L'Orpheline de la
    maison Chevalier**
    Josée Ouimet

33. *La Bûche de Noël***
    Contes réunis par
    Charlotte Guérette

34/35. *Cadavre
    au sous-sol***
    Norah McClintock

36. *Criquette est pris**
Les Contes du
Grand-Père Sept-Heures
Marius Barbeau

37. *L'Oiseau d'Eurémus**
Les Contes du
Grand-Père Sept-Heures
Marius Barbeau

38. *Morvette
et Poisson d'or**
Les Contes du
Grand-Père Sept-Heures
Marius Barbeau

39. *Le Cœur sur la braise**
Michel Noël

40. *Série grise**
Laurent Chabin

41. *Nous reviendrons
en Acadie !*
Andrée-Paule Mignot

42. *La Revanche de Jordan*
Maryse Rouy

43. *Le Secret
de Marie-Victoire*
Josée Ouimet

44. *Partie double**
Laurent Chabin

45/46. *Crime à Haverstock**
Norah McClintock

47/48. *Alexis,
fils de Raphaël**
Marie-Célie Agnant

49. *La Treizième Carte*
Karmen Prud'homme

50. *15, rue des Embuscades*
Claudie Stanké et
Daniel M. Vincent

51. *Tiyi, princesse
d'Égypte**
Magda Tadros

52. *La Valise du mort**
Laurent Chabin

53. *L'Enquête de Nesbitt**
Jacinthe Gaulin

54. *Le Carrousel pourpre**
Frédérick Durand

55/56. *Hiver indien**
Michel Noël

57. *La Malédiction**
Sonia K. Laflamme

58. *Vengeances**
Laurent Chabin

59. *Alex et les
Cyberpirates**
Michel Villeneuve

60. *Jordan et la Forteresse
assiégée**
Maryse Rouy

61/62. *Promenade
nocturne sur un
chemin renversé***
Frédérick Durand

63/64. *La Conspiration
du siècle***
Laurent Chabin

65. *Estelle et moi*
Marcia Pilote

66. *Alexandre le Grand
et Sutifer**
Magda Tadros

67/68/70. *L'Empire
couleur sang***
Denis Côté

71. *L'écrit qui tue**
Laurent Chabin

72. *La Chèvre de bois*
Maryse Rouy

73/74. *L'Homme de
la toundra**
Michel Noël

75. *Le Diable et l'istorlet**
Luc Pouliot

76. *Alidou, l'orpailleur**
Paul-Claude Delisle

77. *Secrets de famille***
Laurent Chabin

78. *Le Chevalier et
la Sarrasine***
Daniel Mativat

79. *Au château
de Sam Lord**
Josée Ouimet

80/81. *La Rivière disparue***
Brian Doyle

82/83. *Sémiramis
la conquérante***
Magda Tadros

84. *L'Insolite Coureur
des bois**
Maryse Rouy

85/86. *Au royaume
de Thinarath***
Hervé Gagnon

87. *Fils de sorcière***
Hervé Gagnon

88. *Trente minutes
de courage**
Josée Ouimet

89/90. *L'Intouchable aux
yeux verts***
Camille Bouchard

91. *Le Fantôme du
peuplier***
Cécile Gagnon

92. *Grand Nord : récits
légendaires inuit***
Jacques Pasquet

93/94/95. *À couteaux tirés***
Norah McClintock

96/97. *À la recherche du
Lucy-Jane***
Anne Bernard Lenoir

98/99. *Un fleuve de sang***
Michel Villeneuve

100/101. *Les Crocodiles
de Bangkok***
Camille Bouchard

102. *Le Triomphe de Jordan***
Maryse Rouy

103. *Amour, toujours
amour !***
Louise-Michelle Sauriol

104. *Viggo le Viking***
Alexandre Carrière

105. *Le Petit Carnet rouge***
Josée Ouimet

106/107. *L'Architecte
du pharaon
1. Un amour secret***
Magda Tadros

108. *Spécimens***
Hervé Gagnon

109. *La Chanson de
Laurianne***
Denise Nadeau

110. *Amélia et les Papillons***
Martine Noël-Maw

111. *La Nuit du Viking***
Anne Bernard Lenoir

* Lecture facile   ** Lecture intermédiaire   *** Lecture difficile